エスコート

水壬楓子

幻冬舎ルチル文庫L

CONTENTS ✦目次✦

エスコート

✦カバーデザイン=清水香苗(CoCo. Design)
✦ブックデザイン=まるか工房　kotoyo desigh

イラスト・佐々木久美子✦

エスコート

エスコート――。

それがこのビルの名前だった。

地上二十八階。地下二階。

しかしほんの一年前、ここに来てから――というより実際住み始めてから――ユカリが自由に行き来できるのは一階から二十三階までに限られていた。もっとも下の方は一般のテナントなので、主に居住スペースのある二十二階と十八、十九階のトレーニング・フロアを往復するくらいだったが。

それから上は、選ばれた人間しか上がることはできないのだ。

ユカリは二十三階の、一度も使ったことのない奥のエレベータの前でゴクリと唾《つば》を飲む。

ビル全体に何基かエレベータは設置されているが、この一基でしか二十四階から上へは上がることができなかった。

そして、このエレベータにはパスワードが設定されている。

ユカリはおそるおそる足を踏み入れると、階数表示のボタンの下にあるキーから教えられたナンバーを打ちこんだ。

と、ウィン…、と足下《あしもと》から軽い音がしてエレベータが上昇を始める。

ドキドキと心臓が大きく音を立て始めた。

止まったのは二十七階――「エスコート」オーナーの執務室《しつむ》および私室の入っている、どうやらオーナーの専用階らしい。

ユカリがオーナーである榎本《えのもと》と会ったのは一度だけだった。一年前、この「エスコート」に入社した時。

その時は真城《ましろ》が一緒だったから、それほど緊張せずにすんだけど。

執務室に呼ばれたのは初めてだった。

ほどなくカタン…とかすかな振動とともに床が止まる。エレベータのドアが開いたとたん、そこはシックな茶色の絨毯《じゅうたん》が敷きつめられた一部屋になっていた。

そして目の前は――。

大きく開け放たれた重厚な扉のむこう、一面のガラス張りの窓の外には、ただ真っ青な空が広がっていた。

二十七階という高さが実感できる。

「うわ…」

思わず小さくつぶやいていたユカリは、目の前のドアが閉まり始めたのに、あわてて外へ飛び出した。

と。

「浅生《あそう》ユカリさんですね?」

すずやかな声が響いたのに、ユカリは心臓が跳《は》ね上がった。

どうやらエレベータから降りたところは秘書室《ひしょしつ》か何かになっているらしい。

コーナーにはひかえめに花が飾られ、片隅に大きめのデスクとイスがある。が、事務机のような無機質なものではなく、かたわらの棚やチェストもアンティーク調の部屋に合わせたスタイルだった。

そのデスクから立ち上がって首をかしげていたのは、二十歳《はたち》前後の、ユカリと同い年くらいだろうか。オーナー秘書というにはどこか幼いくらいの印象を受ける、優しげな雰囲気《ふんいき》の青年だった。着ているものもかっちりとしたスーツなどではなくざっくりとした綿《めん》のシャツで、ずいぶんラフな格好だ。

……もっともユカリにしても、自分の勤め先のオーナーに会うにしてはラフにすぎるトレーナーとジャージ姿だったのだが、トレーニング中に呼び出されたのだから仕方がない。

「どうぞ。オーナーがお待ちです」

しかし彼は慣れたふうに微笑《ほほえ》んで、手を差しのべて奥へとうながした。

――そうだ。仕事だ。

ユカリは大きく息を吸いこんで、ゆっくりと足を踏み出した――――。

◇

◇

依頼人《クライアント》は十分ほど遅れて入ってきた。

都内のしゃれたカフェに、まるで野生の獣《けもの》が迷いこんできたようだった。

いや、男には迷いこんで、というような曖昧《あいまい》さはない。まっすぐに目標をもって、こちらに歩いてくる。

怠惰《たいだ》な様子だが、むしろ余裕《よゆう》のような、まわりをみじんも気にすることのない、圧倒的な「力」を発散させている。

ユカリはゴクリと唾を飲みこんだまま、じっと近づいてくる男から目が離せなかった。

……こんな男の、ガードにつくのか……？

恐れ、いうか、この先この男を守る立場になる自分の方が圧倒されるようで、こんな男を本当に自分がガードできるのか、という不安がユカリを押し包む。

しかしすぐに、ぐっと腹に力を入れ直した。

おじけづいている場合ではない。これがユカリにとっては正真正銘《しょうしんしょうめい》、初仕事になるのだ。

「志岐《しき》、由柾《よしまさ》さんですね？」

いつの間にか、ユカリの横では真城が立ち上がって依頼人を迎えていた。

シルエットのいいイタリア製だろうか、スーツ姿の真城は、いつも見惚《みほ》れるほど端整《たんせい》な顔立ちを今日はサングラスに隠している。

メンズモデルか、どこかの国の不労所得者には見えても、とてもボディガードを生業《なりわい》にしている者には見えない。

そしてもう一人、その横で立ち上がっていた榎本は、少し固めのスーツで、年は真城と同じくらい、まだ三十を越えたばかりだろう。メタルフレームの眼鏡《めがね》をかけた、理知的でスマートな雰囲気だった。

こちらはどちらかというとエリート・ビジネスマンという風情《ふぜい》だ。

するりとサングラスを外し、いつもながら向き合う相手を落ち着かせる笑みで、真城が相手を確認した。

さすが、ユカリとは違ってキャリアも実力もある真城は、依頼人である男の存在に負けていない。

二人にならって、ユカリもあわてて席を立った。

あとの二人と比べると、ユカリの格好はぐっとくだけたものだった。そのへんの学生と同じ、セーターにブルゾン。無造作《むぞうさ》に後ろで束《たば》ねた生まれつきの茶髪《チャパツ》は子犬のしっぽのようで、スーツを着たところで成人式というより七五三にしか見えないだろう。

しかしそんな三人に、片手をコートのポケットにつっこんだまま目の前で立ち止まった男は、あぁ…、とぞんざいに答えただけだった。

握手も挨拶《あいさつ》もなく、だるそうに向かいの席に腰をおろす。

その態度にむっとしたユカリだったが、あとの二人は気にならないのか、あるいはこの手の依頼人に慣れているのか、あらためてイスにすわり直した。

穏やかなまま感情を表に出さない、もの慣れた二人の様子に、ユカリもなんとかしかめっ面《つら》を押し隠して席に着く。

しかし視線は無遠慮に目の前の男をじろじろと観察してしまった。

……こんなヤツなのか……？

百億を越える、気が遠くなるような遺産の相続人《そうぞくにん》というのは？

イメージしていたのとはまるで違う。もっと上流の、紳士的な男かと思っていた。

年は真城や榎本と同じで、ちょうどハタチのユカリからは十歳以上、年上ということになる。

かなり長身で、がっしりと体格のいい男だった。シャツ一枚に、濃いグリーンのロングコートをはおっただけのワイルドな格好で、ふだんの仕事が想像できない。が、口元の無精《ぶしょう》ヒゲあたりを見ても、カタギの勤め人とは思えない。

常に穏やかな物腰の真城とはまるで正反対の雰囲気だった。

その男――志岐は落ちてきた前髪をうっとうしそうにかき上げて、特に断りもなく、ポケットから出したマルボロに火をつける。

イスにふんぞり返ると、ふーっと煙を高く吹き出してからおもむろに口を開いた。

「で、あんたたちが俺の命を守ってくれるってわけなのか？」

タバコをはさんだ指をこめかみにあて、挑発《ちょうはつ》するような口調と口元の薄い笑み。

その根本的な信頼関係を築こうという気持ちのカケラもない態度にユカリはさらにムカッとしたが、年長の二人はさらりと受け流した。

「そういうことです。申し遅れましたが、私が『エスコート』オーナーの榎本と申します。隣が真城、それから浅生です」

簡単に紹介されて、ユカリは硬い表情のまま、とりあえず会釈《えしゃく》した。

「基本的には浅生があなたにつくことになります」

さらにそう続けられて、ユカリは上目づかいに男を眺めながら、よろしくお願いします、と口の中でつぶやいた。

スッ…と流れてきた志岐の鋭い眼差《まなざ》しが、値踏みするように自分に投げられる。

そして、ハッ、と短く吐息《といき》だけで笑った。

「大丈夫なのかねぇ……、こんなガキで。わざわざ高い金を払って、子守りをするつもりはないんだがな」

——子守り——…？

タバコをはさんだ指で額《ひたい》をかきながら言われたその言葉に、ユカリはカッ、と瞬間的に頭に血がのぼり、思わずイスから立ち上がっていた。

「そういう言い方はないだろっ。あんた、口のきき方に気をつけろよっ！」

しかし男の方はいきり立ったユカリを楽しげに見上げたまま、タバコの煙を大きく吹き上げた。余裕のような間《ま》をおいてから、さらりと口を開く。

「おまえも客に対する口のきき方に気をつけた方がいいんじゃないのか？」

正論といえば正論に、ぐっ、と拳を握ってユカリが言葉につまる。

「ユカリ」

と、なだめるように真城が隣からユカリの腕を軽くたたき、ユカリは不承《ふしょう》不承《ぶしょう》、腰をおろした。

そんなユカリに男がにやりと笑う。

「ユカリちゃんていうのか？　ずいぶんカワイイ名前じゃないか」

瞬間、プチッ…と何かが切れた。

気がつくと、ユカリは手元のコップをつかみ、中身をすべて正面の男にぶちまけていた。

「――ユカリ！」

今度は真城が止める間もない。

「……っと」

志岐が軽く身体をひねり、とっさに右腕で顔をかばった。ザッ、と乾いた音がして、水が球《たま》になってコートの表面をすべり落ちる。防水のようだった。

やった瞬間我《われ》に返り、さすがにヤバッと冷や汗が出たが、志岐の表情は変わらなかった。何事もなかったかのように、特に水をぬぐいもせず、どうやら守りきったらしいタバコを静かにふかす。

「はねっかえりだな。ボディガードってのは冷静沈着《ちんちゃく》なもんだと思っていたが」

「な…っ」

その落ち着きぶりにもかえって腹が立つ。

ユカリが言い返せないでいるうちに、榎本が静かに口を開いた。

「失礼しました。浅生がご心配なら、他の者に替えますが？」

「オーナーっ！」

さすがに顔色を変えて、ユカリは叫んだ。

この依頼人はまったく気に入らなかったが、しかしこれは、ユカリにとって初めての「仕事」なのだ。一年目にしてようやくまわってきたチャンス。こんなことでふいにしたくはなかった。

しかし榎本のその言葉に、志岐は軽く肩をすくめてあっさりと言った。

「いや、別にいい。もともと俺はボディガードなんざ必要なわけじゃない。弁護士がどうしても言うから受けただけだ。ま、相続の儀式《ぎしき》だと思ってしばらくは我慢するさ」

――我慢するのはこっちなんだよっ！

と、さすがに口には出さなかったが、ユカリは内心でうなり、この先二週間、寝食《しんしょく》をともにする男をギッとにらみつけた――。

◇　　◇

「何、あれっ⁉　何サマ⁉」

帰りの車に乗りこんだとたん、ユカリは憤慨《ふんがい》を真城にぶちまけていた。

「VIPさまだよ、ユカリ」

しかしさらりと流される。

志岐由柾。三十二歳、独身。二週間後に約百八十億の遺産を相続する男――。

それが、ユカリに与えられた志岐に関するプロフィールのすべてだった。

これでわかるのは、志岐がすさまじく運のいい男だ、ということだけだ。

ユカリもおおざっぱな説明を受けただけだったが、アメリカの大金持ちが友人の息子というだけの志岐に遺産をすべて残したらしい。しかし故人は天涯孤独《てんがいこどく》というわけではなく、息子や娘も数人いる。血縁《けつえん》に財産を残さなかったのは、つまるところ身内を信用していなかった、ということだろうが、やはり子供たちにとっては大変におもしろくない事態ではある。中には遺産をあてにして、すでに多額の借金を抱《かか》えている者もいる。

遺言《ゆいごん》が公開されたのはつい一週間ほど前だが、正式に志岐の手に遺産が渡るまで身辺警護《しんぺんけいご》を頼みたい、とこれは故人のあらかじめ残した遺志だとかで、弁護士が「エスコート」にガードを依頼してきたのだ。

だから今回は、正確にいえばガード対象者、つまりＶＩＰと、依頼人とは別である。

志岐の様子から見ると、自分が狙《ねら》われるなどとはハナから思っていないようだ。

ユカリは深いため息をついた。

「遺産なんてあんな男にやってもどうせろくな使い方しないに決まってるのになー。どうせなら、俺にくれりゃいいのに」

ユカリがぶちぶちと、愚《ぐ》にもつかない不満をもらす。

それに運転席の真城が低く笑った。

車には二人だけだった。だからユカリもこんなぞんざいな口のきき方ができる。

榎本はまだ細かい打ち合わせがあるようでその場に残り、二人は先に帰って準備にかかることになっていた。

「百八十億なんて遺産をもらって、ユカリは何に使うつもりなんだ？」

やわらかな声が耳に心地いい。

シートを深めに倒して、ネコみたいに身体を伸ばしながらユカリはうーん、とうなった。

くつろいだ時間。真城といると、なんだかとても安心できる。

多分、誰でも——多くの依頼人もそうなのだろう。真城の与えるこの安心感が、真城を「エスコート」の中でも数人といわれる「トップ・ガード」という地位を証明している。

「えー、そうだなあ……」

ユカリはちょっと考えてみて……しかし、あまりにも天文学的な数字に、頭は真っ白なまま、まともなモノの形が浮かんでこない。

「……貯金する。老後のために」

そう答えたユカリに、真城が声に出して笑った。

「堅実《けんじつ》でいいじゃんっ」

口をふくらませたユカリに、そうだな、と真城がまだ笑いながらうなずいた。

まあ確かに、自分がもらったところで有益《ゆうえき》な使い方ができるとも思えないが、あの男よりはマシな気がする。

「で、結局いつまで、あいつに張りついてればいいの？」

「今日の夜から二十四日まで。その日に遺言は効力を持つ。つまりそれ以降に志岐が死んでも、あとは志岐の遺族なり、いなければ国家に遺産は渡る」

……期限後にあいつの首をしめて国家に貢献《こうけん》するのもいいかも、などとユカリは内心で不《ふ》穏《おん》に考え、ふっと、それに気づく。

「——って、十二月二十四日?」

思わず聞き返した。

「イブだな」

うなずいた真城にユカリは口をとがらせた。

「俺の誕生日じゃんっ!」

「そうだったか?」

真城がとぼけた口調でつぶやき、ぶーっとユカリはふくれた。

……ケーキ、買ってくれたこともあったのに。まあ、それもイブのオマケなのかもしれないが。

不満げなユカリの顔に、真城が微笑んだ。

「もちろん覚えてるよ、ユカリの誕生日は。この仕事が終わったら、誕生日とイブと一緒に祝ってあげるよ」

「え、ホントっ?」

ユカリはがばっとシートから身を起こした。思わず顔がほころぶ。

――うれしい。それはユカリにとって、なによりもうれしいプレゼントだ。

「真城はイブに日本にいるの？　ご指名、入ってんじゃないの？」

売れっ子ホスト並に固定の依頼人を持つ真城は、この時期、パーティーやなにかの招待も多いはずだった。

「ご指名が多すぎて選べない」

「言ってろ」

すかして言った真城に、ユカリが言い返す。

真城が小さく笑った。

小さなかけ合い。

こんな時間がユカリには本当に貴重《きちょう》だった。仕事で世界中をまわっている真城に会える時間なんて、本当に限られていたから。

ユカリは……ずっと、真城のことが好きだった。――真城にとっては、弟のように、でしかなかったけど。

三年間思って、二年も前に告白して。はっきりとそう言われたのだ。

もちろんショックだったが、始めからわかっていたことだった。

ただ、自分に決着をつけたかったから。

真城もずっとユカリのそういう気持ちには気づいていたのだろう。

だから告白したあとも、二人の関係は変わらなかった。しばらくはやっぱり胸が痛かったけど、それでも真城に憧《あこが》れる気持ちはずっと同じままだった。

真城に恋人がいるのかどうかはわからない。いたら多分、さびしい思いはするのだろうが、でも今は、穏やかな気持ちで真城の隣にいられる。

ユカリが初めて真城と会ったのは、ユカリが十五の時。アメリカで、だった。ユカリは、NY《ニューヨーク》生まれの二重国籍者なのだ。

小学校に通う頃《ころ》には帰国していたが、中学二年の時、担任と衝突して不登校に近い状態になってしまった。結局、父親のすすめでNYにいる父親の友人宅に下宿させてもらい、むこうの学校に転校という形をとったのだ。

渡米してから、せめて食費くらいは入れようと始めたバイトが犬の散歩だった。たまたま散歩中に公園で会ったじいさんと意気投合して、犬の世話を任されることになったのだ。

そのじいさんのところに、ボディガードとしていたのが真城だった。

真城はその時、専属に近い形で三カ月ほども滞在していた。

それからも何度か、真城はその家に一、二カ月という滞在をくり返して、ユカリともすっかり親しくなった。勉強や、空手《からて》のカタなんかも教えてもらった。

そして昨年、交通事故で家族をすべて失ってからは、ユカリにとって真城は保護者のような……、本当に兄のような存在になっていた。

表向き「エスコート」は新興《しんこう》の人材派遣《はけん》会社である。スタッフの登録数からいえば大手といえる規模ではなく、準大手、くらいだろうか。

一般に広く名前が知られているわけでもないが、外資系企業を中心にクオリティの高い社員を派遣することで顧客《こきゃく》からは高い信用と評価を得ていた。

ボディガードの派遣はその中枢《ちゅうすう》にあるセクションであって、しかし他の一般の人材派遣の業種からは切り離されていた。

その顧客は世界中にわたる。が、現在、その顧客からの紹介でなければ、新しく仕事を入れることはない。それだけに「エスコート」のこのセクションを知っているのは、ごくごく限られた人間だけだった。

実際問題として、日本では民間のボディガードを必要とする人間自体がかなり少ないせいもあるだろう。それなりに費用もかかる。

職種が職種なだけに、「エスコート」がボディガードの募集を公《おおやけ》にすることはなく、真城に憧れていたユカリは真城に誘われて——、というかむしろ押しかけるようにしてここに来た。

そういう意味でも、ユカリにとって真城は後見人《こうけんにん》みたいなものだった。

早く真城と対等になりたい。せめて、バックアップができるようになりたい、と。

この一年、必死に研修《けんしゅう》を受けてきた。

けれど今まで与えられた仕事といえば、十数人でチームを組んだ中、ドアの前でぼーっと見張りをしているようなものばかりだ。

ボディガードというよりは警備員という感じで、ちょっとばかり不満だった。

だが今回は、一対一のガードになる。

対象者自体はかなり気に食わないが……、えり好みできることでもない。

『子守りをするつもりはないんだがな』

ふっと耳に志岐の声がよみがえってきて、またしてもむかむかむかっと胃の中で怒りが発《はっ》酵《こう》してくる。

「やったろーじゃねぇかっ！」

自分を奮《ふる》い立たせるように内心で一声ほえた——つもりの——ユカリだったが、どうやら声に出していたらしい。

運転席で真城が肩を揺らしていた。

◇

◇

「おいてけぼりにされたガキみたいな顔してるじゃないか」

その日の夜半過ぎ。

仕事の準備を整えたユカリは、車で真城に志岐のマンションまで送ってもらった。

真城と別れて一人きり——というか、頭数は二人なのだが——、これから一人で仕事にかかるのだと思うと、さすがに不安が胸に押しよせてくる。

が、早々《そうそう》にかけられたその言葉に、「友好的なおとなの態度」を心の中で念じていたユカリの努力も、こっぱみじんに打ち砕《くだ》かれた。

あからさまにケンカを売られて黙っていられるほど、ユカリもおとなではない。

「あのね、すぐに人をガキ扱いしたがるのは年食った証拠《しょうこ》っすよ、おっさん」

どさっ、と荷物をフローリングの床に放り出して、ユカリはあえて鼻で笑ってやる。

「これでも俺、ハタチなの」

まあ確かに今でも、高校生くらいに見られることはあるにしても。

「そりゃ、悪かったな。ユカリちゃん」

おっさん、と言われた逆襲《ぎゃくしゅう》なのか。

志岐がキャビネットの中からとり出したバーボンをグラスに四分の一ほど注ぎながら、まったく悪いとは思ってない口調で、嫌がらせみたいにユカリの名を口にする。

「そーいう呼び方はやめてくんない？　俺、自分の名前は気に入ってんだよ」

ぴしゃりと言ったユカリに、ほう、とちょっと意外そうに志岐が首を傾けた。

「からかわれたりしなかったのか?」

「ガキん頃はね。でもせっかく親がつけてくれた名前だろ?」

真《ま》っ向《こう》からにらみつけたユカリに、ふっ、と志岐の目が微笑む。

ふいにやわらかくなったその目の色に、ユカリはちょっと驚いた。怒気《どき》がそがれる。

「どういう字を書くんだ?」

グラスを手にだるそうにソファへ腰をおろしながら、志岐が尋《たず》ねてくる。

そんなことを聞かれるとは思わなくて、ユカリはとまどった。

「……カタカナだけど。でも意味はアレ、縁《えん》も縁《ゆかり》もない、のユカリ」

「えんもゆかりもないユカリか」

生《き》のままのバーボンを一口、口に含んで、ちらりと志岐が笑う。

「たくさんいい縁があるように、ってコトだよ」

「見合いをするにはよさそうな名前だな」

ムスッとうめいたユカリに、冗談のつもりか志岐がつぶやく。

「で、今まで、いい縁はあったのか?」

「あったよ、いっぱい」

志岐を見すえたまま、ユカリはきっぱりと答えた。

真城だってそうだ。真城と会えてなかったら、親を亡《な》くしたあと、こんなところにはいない。

そして真城と引き合わせてくれたバイト先のじいさんも。アメリカにも友達はたくさんいる。会えないけど、今もメールでは時々連絡をとっている。日本での友達はちょっと少ないけど……でもこれから作ればいいわけだ。

「なるほど。わかったよ、ユカリ」

志岐が片頬《ほお》で笑って、グラスを手の中で揺らしながらうなずいた。

「だからやめろって……」

「からかってるわけじゃない。俺も気に入ったからそう呼びたいだけだ」

さらりと言われて、ユカリは口ごもる。

なんでおまえに呼び捨てにされなきゃいけないんだっ、……という気もしたが、しかし。

気に入ったからそう呼びたい——。

そんなふうに言われると、反論の言葉が出ない。今まで誰かにそんなふうに言われたこともなかったし、おちょくっているような口調でもなかった。

なんだか今までのムカムカが、化学変化して腹の中でもぞもぞするような感じになる。

「……まぁ、呼ばせてやってもいいけどさ……」

ちょっと照れたように視線をはずし、ぼそぼそと言うユカリに、志岐は笑いをこらえるように肩を揺らした。

「可愛《かわい》いな」

と、つぶやくようにポツリともらす。

「……ナニ？」

聞きとがめたユカリが、むっ、とにらみ返すと、志岐はとぼけるように視線をそらした。

そして一気にグラスを空《あ》けると、とってつけたように大きく伸びをした。空《から》のグラスをテーブルにおいて立ち上がると、寝室のドアに手をかける。

「じゃ、あとはよろしくな、ガードさん」

「……って、俺、どこで寝ればいいんだよっ？」

あわてたユカリに、志岐はあっさりと顎《あご》でソファを指した。

「そこしかないだろ。ああ、毛布くらいは貸してやる」

そう言うと志岐は寝室からブランケットを一枚持ってきて、ユカリに放り投げる。

「それとも、ベッドの中まで完全ガードしてくれる、っていうんなら、夜這《よば》いも歓迎するが？寝相《ねぞう》が悪くなければな」

——ガキじゃねーっつーのっ！

笑ってドアを閉める男の背中に、べーっ、とユカリは舌を突き出した。

◇　◇

翌朝。

ゴン、と頭を襲った容赦《ようしゃ》ない衝撃に、意識が一気に水面まで引き上げられた。

「起きろよ、ガキ」

「――わっ、わわわっ！」

寝床《ねどこ》にしていたソファから蹴《け》り落とされ、ユカリは毛布にからまったままフローリングの床に転がった。

「なっ…、えっ？　えっ？」

さすがに一気に目が覚めて、しかし、きょときょとと寝ぼけ眼《まなこ》であたりを見まわす。

不機嫌《ふきげん》そうに自分を見下ろす志岐の視線とぶつかって、さすがにやばっと首をすくめた。

「ＶＩＰより遅くまでぐーすか寝てるガードがどこの世界にいる」

あきれたように言われて、さすがに自分の失態《しったい》に頬が熱くなった。

単独のガードなだけに戸締まりはしっかりと確認し、赤外線方式の侵入者探知《たんち》アラームもいくつかセットしてからソファに横になったのだが、やはり初日の緊張のためか、昨夜はな

かなか寝つけなかった。明け方近くになってようやくうとうとした感じだったのだ。

もっともそんなことは、言い訳にしかならない。

志岐はすでに着替えてヒゲもそったようで、さっぱりした様子だった。

ヒゲがなくても野性的な印象は変わらないが、少しばかりそれに男の色気、というか、甘さがにじみ出たようで、ユカリは不覚にもドキッとする。

ユカリは決して背が低い方ではなかったが、全体的に線が細い。足も速いし、自分でも敏《びん》捷《しょう》性はあると思ってはいるが、しかしこの男のように、どっしりと男を感じさせる貫禄《かんろく》のようなものが持てないのが悔《くや》しい気がするのだ。

まあ、年もひとまわり違うのだから、あと十年もすればそれなりになれるのでは、という望みも、まだ捨ててはいなかったが。

「どこか行くのか？　仕事はないんだろ？」

毛布を足にもつらせながらあわてて立ち上がったユカリに、買い物だ、と志岐が答える。

「買い物？」

この男には似つかわしくない言葉に、ユカリはきょとんと志岐を見上げた。

「大金が入るんだ。少しばかりショッピングを楽しんだって悪いことはなかろう？」

にやりと笑ってそう言われると、別に反論することではないが、妙《みょう》に腹が立つ。

「おまえはここで寝てたってかまわないぞ。俺も身軽でその方がいい。別に本部に告《つ》げ口するつもりもないしな」

野菜ジュースの缶を上下にふりながら、冗談のような口調でもなくさらりと言われて、ユカリは思わず志岐をにらみつけた。

「そんなことができるわけないだろっ。あんたの方こそ、もうちょっと危機感を持ったらどうなんだよ？　ふらふら買い物なんて行ってねーで、二週間くらい家でじっとしてられないのかよっ？」

志岐には自分が命を狙われている、という自覚がまるでない。これは、依頼人としては最悪の状態だ。

しかしユカリの忠告——というか、提言もあっさりと切り返された。

「ま、俺がじっとしてりゃ、おまえは仕事が楽でいいんだろうけどな」

プシッ、と缶の開く音が、志岐の言葉とともに耳に刺さる。

「そういうつもりじゃ…！」

ムッとしたユカリに、さらに志岐は冷たく言い放った。

「寝ぼけたこと言ってんな。依頼人がふだん通りの生活をするためのガードだろうが。何のために民間のボディガードに金を出してると思ってるんだ？　命の保証だけなら、金のかからない警察にでも頼めばすむことだ。高い金をとってる以上、通常の生活の保障くらいはしてもらいたいものだな」

言うだけ言うと、志岐はジュースを一気に喉《のど》へ流しこむ。ゴクリと動くその喉元を見つめて、ぐっとユカリは唇をかんだ。

なんでこう……、この男はいつも反論できないツボをうまくついてくるのだろう。

それでもユカリは、志岐から目をそらさないままに低く言った。

「危機意識のない人間のガードなんて、絶対不可能なんだよ」

しかしそれに対する志岐の答えも、反論の余地のないものだった。

「頼んだのは俺じゃない。受けたのはそっちだ」

……そう。これは「エスコート」が受けた仕事だった。

「あんた自身の命に関わることなんだよっ？　少しは協力しようって気にならないのかよっ」

それでもムキになって言い募《つの》ったユカリに、ゆっくりと口元をぬぐった志岐が答えた。

「協力してほしければ、それなりに依頼人の信頼を得る努力をするべきじゃないのか？　おまえは始めからつっかかってきてる気がするが」

「あんたの方が始めから俺を信頼してないんだろっ！」

思わず叫んだユカリに、志岐はほとんど無表情なまま、淡々《たんたん》と言い放った。

「安心して命を任せられるほど、おまえの何を信用しろと言うつもりだ？　あいにく、俺はそれほどお人好《ひとよ》しじゃない」

冷ややかな言葉にユカリは思わず息を飲む。

「これでも俺はおまえよりは修羅場《しゅらば》をくぐってきてる。下手《へた》に他人を信用するよりは、自分自身を信用してるんでね」

その何か、静かに切りつけられるような言葉に、ユカリはゾクリとした。

志岐のくわしい経歴は知らない。だが自分に対するこの男の自信は本物で、……そんな男に対して、ユカリは自分がどれほどのことができるのか、という不安に襲われる。

だがユカリにしても、どうしても、この仕事はちゃんとまっとうしたかった。

自分を信用して任せてくれた真城を、失望させたくはなかった。自分がいきなり単独で仕事を任されたのは、真城の推薦があったからだろう、くらいはユカリにも想像がつく。

もしかしなくとも、志岐が楽観的に言うように、遺族も志岐の命を奪おうとまでは考えていないのかもしれない。その危険性が低いと認識していたからこそ、真城もオーナーも、自分みたいな駆け出しにこの仕事を任せてくれたのだと思う。このくらいならユカリにもできるだろう、と判断して。

真城たちにとっては小さな仕事だったのかもしれない。

だがユカリにとっては初めての仕事だ。たとえ自分のいた意味が何もなく、平穏《へいおん》なままこの仕事期間が終わるとしても、それでもきちんと、「エスコート」の名に恥じないように、やるべきことはやっておきたかった。

確かに依頼人は必ずしも善人《ぜんにん》ではなく、自分の気に食わない相手だって、これから何人も出てくるのだろうから。

——信頼関係……か。

ユカリは缶を捨てにキッチンへ入っていく志岐の背中をじっと見送った。

この男とどうやってそんなものを築けばいいのか、まるでわからなかった。

ただ、一つ一つ、自分のやるべきことをやって、行動で示すしかないのだ。

「……どうする？　ついてくるのか？」

出かける準備か、寝室の方へもどりながら志岐が気のない様子で尋ねてきたのに、ユカリは大きく息を吸いこんだ。

「あたりまえだろ」

そして急いで顔を洗って、そのまま寝ていたシャツの上にセーターとブルゾンだけをはおった。

それからベルトに特殊警棒《とくしゅクラブ》を装着《そうちゃく》する。三段階の切り替えになった防護用の武器だが、ユカリの持っているのは特別に発注したものだ。一般の物より細身《ほそみ》だが強度は高い。見た目も銀色で、ユカリが身につけていると、武器というよりはちょっとしたアクセサリーのような感じだった。

海外での仕事なら拳銃を携帯することもできるだろうが、国内ではそうもいかない。柔《じゅう》道《どう》や空手の心得《こころえ》も多少はあったが、ウェイトの問題もあり、さほど得意ではない。

そんなユカリが真城から手ほどきを受けたのが、この棒術《ぼうじゅつ》――、というのか。この特注のクラブもかなり使い慣れてきて、一番手にしっくりとくる道具だった。

志岐が昨日と同じコートを手に寝室を出てくると、さっさと玄関へ向かう。

ユカリもあわててあとを追った。


師走《しわす》に入った街はさすがにあわただしい雰囲気だった。

襟元《えりもと》をすり抜ける乾いた風にユカリはわずかに身震いする。街路樹《がいろじゅ》もすっかりと葉を落とし、いよいよ本格的な冬の気配だ。

途中、ブランチという感じで食事をとったあと、志岐の今日の目的地は、どうやらデパートのようだった。

平日とはいえかなりの人混みで、あまりうろうろしてほしくない場所だったが、仕方がない。

顔をしかめつつ、四方を気にしながら志岐の横を歩くユカリの目の前、少し通り過ぎたあたりで、ふいに黒塗りの車が停止した。

窓にはすべてフィルムが貼られ、中は見えないようになっている。

――なんだ……?

と、身構えたユカリの前で、スッ…、と後部座席のウィンドウが下がる。

ユカリは反射的に、志岐とその車の間に身体を割りこませていた。

右手が腰のクラブにかかる。

息をつめてかまえたユカリの目の前に、三十なかばだろうか、志岐よりも少し年上らしい男が顔をのぞかせた。

どこか志岐と似た、猛禽類《もうきんるい》の雰囲気を感じさせる男だ。

「よう…、ひさしぶりだな」

車の中から志岐を見上げて、にやっと男が笑う。

……知り合い、か……?

身体は緊張させたまま、ちらっとふり返ったユカリの肩を軽く押しのけるようにして志岐が上体をかがめ、窓をのぞきこんだ。

「これは……、組長。ご無沙汰《ぶさた》してます」

静かな笑みを浮かべて、志岐が挨拶を返す。志岐にしては破格《はかく》に丁寧《ていねい》な口調だった。

が、ユカリは思わず頬を引きつらせた。

――く…組長?

「……なんだ、この坊やは?」

ちらっとユカリに目をやって尋ねた男に、志岐がわずかに苦笑した。

それで何かが通じたのか、あるいはもともとどうでもいい質問だったのか、男はさらりと話題を変えた。

「元気そうじゃねぇか。いつこっちにもどったんだ？」

「つい先日。組長もお変わりなく」

「おかげさんでな。どうだ？　もどってきたんなら、そろそろウチに来る気にゃならねぇか？」

機嫌のいい男の言葉に、志岐が少しばかり困ったように視線を外した。

「そのお話は」

「この商売も昔たァ違う。あんたのポリシーに反することをさせるつもりはない。あんたがいれば、俺もずいぶん心強いんだがな？」

「組長さんのところには優秀すぎる舎弟《しゃてい》さんがそろってますからね。組長のお膝元にいても、俺の出番なんかないも同然ですよ」

と、ちらっと志岐の視線が前の助手席へ流れる。

軽く肩をまわして二人の会話をじっと聞いていたそのがっしりとした男に、どうも、と志岐が軽く会釈した。こちらとも知り合いのようだ。

「――ああ…、そういえばちょっとお聞きしたいことがあったんですが……、あとで連絡を入れさせてもらってかまいませんか？」

これは組長に、というより、助手席の男に言ったようだった。

ええどうぞ、とその男が静かにうなずく。

「しゃあねぇなァ…。ま、ヒマができたら一度、本家にも顔を出してくれ。飲もうや」

そう結ぶように組長が言葉をおくと、するりと車は走り出していった。

ようやく、ほっと肩から力を抜いたユカリは、その車を見送りながら志岐に尋ねた。

「……アレって、誰？」

「千住《せんじゅ》組の組長だ。昔、世話になってな」

千住組――といえば、ユカリでも名前を知っている関東で一、二を争う広域《こういき》暴力団だ。

「あんた…、ヤクザだったのか……」

あまりにハマりすぎていて、思わずうなったユカリに、志岐はさらりと答えた。

「別に盃《さかずき》を交《か》わしたわけじゃない。ちょっとした知り合いだ」

「知り合いね」

いかにもうさんくさそうにユカリはつぶやく。ふだんの生活がしのばれる、というやつだ。

「ヤーさんに聞きたいことってなんだよ？」

うかがうように聞いたユカリに、志岐はにやりと笑った。

「それは仕事上の秘密ってヤツだな」

「しばらく休業なんだろ？」

志岐の仕事は、一応「コンサルタント」らしい。……何の相談業務なのかは、おそろしく怪しいところだが。

なるほど、ああいう相手が顧客なのかもしれない。

「情報は生き物だからな。集められるうちに集めて、使えるうちに使わないと意味がない」

すかして言った志岐にユカリは眉をよせたが、しかし依頼人のプライバシーに深く立ち入ることはできない。

依頼人の仕事が何であれ——審査《しんさ》はあるはずだが——すでに受けた仕事なのだ。

到着したデパートの入り口で、ユカリははっと足を止め、先を行こうとする志岐のコートをあわてて引っ張って足を止めさせた。

なんだ？　と不機嫌にふり返るのに、

「非常口をチェックさせて」

と、ユカリは案内板をにらんだ。全体図をしっかりと頭にたたきこむ。

ほう、とちょっと感心したように、志岐が顎を撫《な》でるのに、ユカリは少し、見返せたような気がする。まあ、基本ではあるが。

志岐もそこで、各階の売り場をチェックしたようだ。

こんなところに何を買いにきたのかと思えば、志岐はまず電化製品の売り場へ入っていった。張りついてきた店員の説明もろくに聞かず、無造作に最新のノートパソコンを一台、購入する。

志岐とパソコン、というのがなんだかミスマッチな気がしたのだが、どうやらそこそこ使えるらしい。

それから紳士服のフロアで、適当なシャツを二つ三つ、通りがかりに引っかけるようにしてレジへ運ぶ。

フロアを移るたび、ユカリはエスカレーターと非常口の場所を確認し、不審な人物に目を光らせた。

「あんまりきょろきょろしてると、おまえが不審人物で引っ張られるぞ」

この人混みの中、どこでどう襲われるかわからない。さすがに日本で銃撃戦もないだろうが、前を歩いてくる相手がいつナイフを抜いて突っかかってくるかもしれない。

そうでなくともこんな人の多い場所は、ガードの立場からすれば最悪だ。

襲われる可能性がどのくらいあるのかわからないが、もしも、という思いで神経をぴりぴりさせるユカリを、志岐がからかった。

しかしただでさえ、デパートには不似合いな男が二人。まわりからは相当に浮いているだろう。

と、何を思ったか、志岐がいきなりワゴンに積まれていたおもちゃのクリスマスツリーの箱を一つ、手にとった。プラスチックの、テーブルの上に飾れるくらいのやつだ。

クリスマス商戦もまっただ中で、にぎやかなジングルベルに誘われたのか。

しかしあまりにも志岐のイメージからかけ離れていて、ユカリは思わず目をむいた。

「あんた…、クリスマスなんかするのか？」

「俺がしちゃ悪いか？」

妙に楽しげに志岐が言い返し、そばにあった星やモールや綿《わた》なども買いこむ。

「おい。少しは荷物を手伝えよ」

さすがに最初のパソコンやシャツで、手がいっぱいになった志岐が文句をつけるのに、ユカリはふん、と顎を上げて答えた。

「ガードは常に手を空けておかなきゃいけないんだよ。荷物なんか持って手をふさいでしまうと、肝心《かんじん》な時に使えなくて困るだろ？」

チッ、と志岐は舌を打った。

「荷物持ちにも使えねぇのか」

その不服そうな声に、なんだか初めて志岐から一本とったような気がして、ユカリはにんまりと笑った。

ぶつぶつ言いながら志岐が旅行用品を扱っている店で折《お》り畳《たた》みのカートを買って、手荷物を全部、それに縛りつける。

「ついでに夕飯になるものを買っていくか」

そう言って、志岐は地下へ降りていった。ユカリもそれに従う。

いわゆるデパ地下は、ユカリなどがめったに出向く場所ではない。その種類の多さにも、盛況《せいきょう》さにも思わず感心してしまった。

「おまえもなんか、食いたいものがあれば仕入れていけよ」

そうは言われても、気の向くままにさっさと歩いては突然足を止め、必要なものをテキパキと買っていく志岐から目を離すことができない。いや、志岐から、というより、志岐のまわりを警戒しなければならないのだ。

そう言った志岐は、自分でもワインを数本とウィスキー、それにつまみらしいチーズやらクラッカーやら、さらには肉と野菜と果物まで豪快《ごうかい》に、というか、ハタで見ているとかなり無造作に買いこんでいた。

「料理、できんの?」

「今時、男の常識だろう」

ちょっと驚いて、カートにセットした段ボールの中の食料品をのぞきこんだユカリに、志岐がすかして答える。

ユカリはちぇーっ、と口をとがらせた。

やっぱりこれだけガタイもいい、言動にも自信のある男が料理もできるというのは、かなりなポイントだろう。——おまけに金もある。

と、実演販売なのか、漂《ただよ》ってくるうまそうな中華の匂いにユカリは思わず鼻をひくつかせた。

それに気づいたのか、志岐がちらっと笑って、中華のテイクアウトを何種類か買いこんでくれる。

あまりに本能に素直な自分の反応に赤くなりながらも、でも気をつかってくれたのかと思うと、案外いいヤツなのかも、という気もする。

我ながらお手軽な自分の性格に、ユカリはこっそりとため息をついた。

カートもいいかげん山積みで、そろそろ帰るか、とようやく志岐がうながした。

ほとんど迷うこともなく、パッパッと決めていく志岐は、買い物が趣味なわけでもないのだろう。なぜわざわざこんなところに来たのかは不思議だが。

それでもさすがにこの人混みから抜けられるのに、ユカリもホッとうなずいた時だった。

隣を歩く志岐の気配が、ふっと色を変えた。

ゆったりと買い物をしていた時とはまるで違う、ピン…と張りつめた空気が身体をとり囲む。

そのユカリよりも頭一つ分高い位置からの視線が、まっすぐ前のエスカレーターの方を向いていた。

なんだ…？　とユカリもそちらに視線をやって、アッ、と小さく声を上げた。

上《のぼ》りのエスカレーターだった。三歳くらいだろうか。小さな子供が赤い手すりにしがみつくように持ち上げられている。

あぶない――、と誰かが叫んだ。

あわてたように駆け上がったおとなの手がその子の身体にかかった――と思った時、子供の方が逃げるように、身体をよじった。

瞬間、ぐらっと、バランスをくずす。

声も出なかった。心臓がスッ…と冷える。

「志岐――っ⁉」

だが、気がつくと、志岐の身体が弾《はじ》かれたように飛び出していた。

子供の身体はすでにかなり高い場所まで持ち上げられている。

そして身体のバランスは完全に外側へ重心がかかり、そのまま――ユカリの目の前で、空気を引っかくように腕が離れた。

悲鳴が上がる。

と、同時だった。

いっぱいに右腕を伸ばした志岐の身体が床をすべる。

ドン、と重い音が耳に届いた。

床をすべった志岐の肩が、そのトップスピードのまま壁に激突していた。

子供は——志岐の腕の中にいた。

その衝撃を抑えるように、志岐は両腕で子供の頭をかばっている。

一瞬の出来事に、確かにその事故を目にしていたまわりの人間も、声を失っていた。

と、次の瞬間、子供が火がついたように泣き出した。

それを合図に、あたりの喧噪《けんそう》が倍になってもどってきた。

ようやく我に返ったユカリは、群《むら》がり始めた人をかき分け、あわてて志岐のもとへ走った。

「志岐っ！　志岐、ケガはっ⁉」

叫んだユカリに、あぁ、と小さく息をつき、志岐は子供を抱いたまま上体を起こした。

見たところ、志岐も子供の方も、特に外傷《がいしょう》はないようだ。

「ゆうくん……っ！　ゆうくん！」

と、どこからか母親らしい女が血相《けっそう》を変えて駆けよってきた。

志岐の腕から泣き続けていた子供を奪いとると、キッときつい目で志岐をにらんだ。

「あなた！　いったい、うちの子に何したんですかっ！」

その言葉に、さすがにユカリはあぜんとした。

事故を見てはいなかったのかもしれない。だがそれだけ、この母親が自分の子供から目を離していたということなのだ。

「ちょっと、あんた。自分の不注意だろっ！」

思わず食ってかかったユカリに、志岐の方があっさりとユカリの腕をとった。

「いい。行くぞ」

「でもっ！」

なんだかユカリの方が腹が立って、しかし子供を助けたわりには、志岐は妙に苦々《にがにが》しい表情だった。なぜだか、いらだってさえいるように見える。

「仮にも命を狙われている身で、あんまり目立つのはまずいんじゃないのか」

ざわついた空気といくつもの視線を背中に歩き出しながら、志岐が低く言う。

……そう言われれば、ユカリも食い下がることはできない。

「カートは？」

「あ。まずっ」

問われて、荷物を放り出してきたことにユカリはようやく気づく。

バタバタともとの場所にもどると、幸《さいわ》いカートは盗《と》られずに持ち主を待っていた。

それを左手で前に押し出しながら、志岐がぽつりとつぶやく。

「買い物がまた増えたな」

え？　と見上げたユカリに、志岐はひょいと肩をすくめて見せた。

「湿布《しっぷ》がいりそうだ」

さすがに大荷物になったのでタクシーを奮発《ふんぱつ》して、二人はマンションまで帰ってきた。やはり警備上は電車よりも安心できて、ユカリにしても気が楽だ。

考えてみれば、行きもタクシーを使って経費《けいひ》で落とせばよかった、と後悔する。それか、本部から車を借りてもいい。

ユカリももちろん、運転はできる。ガードなら必須《ひっす》条件だ。技術の方は、「エスコート」のレベルからいえば、まだ及第点《きゅうだいてん》、とはいかないかもしれないけど。

途中ドラッグストアによって、湿布だけでなく、救急セットを一通りそろえた。

マンションにたどりついて、ユカリは一応、留守の間に何かしかけられていないかをチェックして——背中からは「マニュアルか？」と揶揄《やゆ》の声がかかったが——ようやく、リビングに腰を落ち着けた。

ほーっ、と肩から一気に力が抜ける。

自分でもこれほどとは思っていなかったが、やはり自分一人の責任で、外出するＶＩＰの身辺警護というのはかなり精神的に疲れる。

決してとり返しのつかない「命」の保証をしなければならないのだ。片時も気が抜けない。

先にシャワーを浴びるから買った物を冷蔵庫に入れとけ、と言われて、ユカリはよたよたと買い出した大量の食料品を台所に運んだ。

スポーツドリンクを駄賃《だちん》にリビングに帰ってきてソファで伸びていると、志岐がコットンのラフなパンツをはいただけでシャワーから出てきた。

上半身は裸のまま、首にかけたタオルで髪をこすりながら、やはり風呂上がりに飲み物が欲しいのかそのままキッチンへ入っていく。

部屋はようやく暖まり始めたところで、ユカリもまだパーカーを脱げないでいるのに。風邪《かぜ》を引くぞ…、と内心で思いつつ、あ、と気がついて、ユカリは再びもどってきた志岐に声をかけた。

「湿布、貼ってやろうか？」

あぁ…、と志岐も思い出したようにうなずいて、どっかりとユカリのむかいのソファへ腰をおろした。

子供を助けた時、志岐はどうやら背中を壁で打ったらしい。無理もない。あの状況では、スピードを加減することもできなかっただろう。

ユカリは床に放り出してあった残りの買い物の中から湿布を探し出して、志岐の背中にまわりこむ。

そしてタオルをのけた志岐の背中に、ユカリは、あっ、と小さく息を飲んだ。

自分の倍も筋肉の厚みがありそうな志岐の肩から背中、そして脇腹あたりには、いくつもの傷痕《きずあと》が残っていた。

縫い合わせたような手術痕や、ナイフでえぐられたような裂傷《れっしょう》の痕。そして明らかに銃《じゅう》創《そう》のようなものさえある。

詮索《せんさく》することはあえてひかえたが、しかし相当にあぶない過去があったことは間違いないだろう。それこそもっと若い頃は、ヤクザの鉄砲玉《てっぽうだま》でもやっていたのかもしれない。

まだハタチで、仕事の経験も浅いユカリにしてみれば、そんな男が恐くない、といえばウソになる。

それでも今日一日、志岐と一緒にいて、そしてとっさに子供を助けた志岐を見ていると、本質的に悪い人間ではないのだろうな、と思える。――口は相当に悪かったが。

「このへん？」

まだアザになってはいなかったので、場所がわからない。

右肩からすべりこんでいたので、このあたりか、と狙いをつけてそっと指をおいたとたん、ピクッ、と痙攣《けいれん》するように肩が揺れる。

志岐が低くうめいた。

チッ、と舌を打つのにかまわず、ユカリはわずか熱を持っているようなその部分に、ぺったりと湿布を貼りつけた。

しかし志岐のこの身体を見ていると、思わずため息が口をついて出る。

生まれ持った体格の差、なのだろう。ユカリがどれだけ鍛錬《たんれん》しても、こんな身体を作ることは不可能だった。

ガードには向いてないのかな…、と真城にこぼしたこともある。

何も力業《ちからわざ》だけがガードに求められる資質《ししつ》じゃないよ、と真城はなぐさめてくれたけど。

ケース・バイ・ケースでいろんなタイプが求められる。だからユカリは、ユカリができる技術を身につければいい、と。

だが。

今日のデパートでのことを思い出して、ユカリは落ちこんだ。

あの子供が手すりから落ちるのを見た瞬間――ユカリは動くことができなかった。

あんな時、ボディガードとして、自分はどうすべきだったのか。

子供を助けるために動くべきだったのか。それとも、あくまでもガード対象者のそばを離れるべきではないのか。

とっさの判断力のなさ。

だが最悪なことに、あの時はそのどちらも、ユカリはできていなかったのだ。

一瞬、思考が停止した、と言っていい。

「どうした？」

ユカリの手が止まったのに、怪訝《けげん》に志岐がふり向いた。

「あ、別に……」

あわててユカリは、もう一枚の湿布の薄紙をぺろん、とはがす。

いけない。たとえ現実がどうであれ、依頼人の前で自信がない態度を見せるのは厳禁だ。よけい、不安を覚えさせるだけだから。

――もっとも志岐に限っていえば、始めから自分に期待はしていないのだろうが。

「こんなもんかな」

盛り上がった肩にべたべたと湿布して、嫌がらせにパン、とその上を平手でたたくと、ユカリは立ち上がった。

つっ…、とさすがに声を上げて、このやろう、と志岐が低くうなる。

だがふり向いたその目が、ふいにやわらかく笑ったような気がして、ユカリはちょっととまどった。

「……え、…と?」

ちょっと首をすくめて、うかがうように見下ろすと、志岐がポツリとつぶやくように言った。

「おまえは……、他人のことにずいぶん感情的になれるんだな」

一瞬、何のことかと思ったが、昼間の子供の母親のことだと気づく。

「だって、めちゃくちゃだったじゃんっ!」

思い出すとまた腹が立って、ユカリはむっと顔をしかめた。――いや、志岐に怒ることでは、もちろんないのだが。

「こんな痣《あざ》、作ってまで助けてやって、なんで怒られなくちゃいけないんだよっ！」

「世の中に理不尽《りふじん》なことはいくらでもあるさ」

達観《たっかん》したようにさらりと言われて、ユカリはぶすっとしたまま、湿布の空袋を丸めてくずかごに放り投げた。

「……どうせまた、ガキだって言いたいんだろ？」

こんなことでカッとなるなんて。

ふてくされたようにユカリはうめく。

志岐がそうだな、と静かにつぶやいた。その言葉に、ユカリはなんだか悔しい、というより悲しいような思いに襲われる。

どう言ったらいいのか……、やっぱり志岐にはわかってもらえないのか、というさびしさ、だろうか。

と、志岐が立ち上がりながら、大きな手でポンポンと軽くユカリの頭をたたくように撫でた。

「だが別に、ガキで悪いわけじゃない」

えっ、と意味がわからず顔を上げたユカリに、志岐が静かに微笑んでいた。

「礼を言われるためにに助けたわけじゃないが、……だがおまえがああ言ってくれたから、俺もこだわらずにすんでるんだろう」

ユカリはちょっと目を見張った。

つまりそれは……志岐にとってはうれしかった、ということだろうか？

胸の中が、すっと軽くなる。ほっとするように……よかった、と思う。

さて、と志岐がソファの背にかけてあったシャツをかぶりながら、おまえも風呂に入ってこい、と顎でうながしてきた。

交代要員のいない状態では、志岐から目を離すのも心配だったが、それを察したのか志岐はため息をついた。

「勝手に外へ出たりしねぇよ。――ほら」

志岐が買い物袋の中から、ショートパンツとトレーナーを放り投げてきた。

どうやらユカリの着替えも買ってくれていたらしい。――ついでだろうが。

ユカリは、仮眠する時ももちろん、昼間と同じいつでも動ける格好だったが、もともと真城みたいにかっちりとしたスーツを着ているわけではない。そのへんの学生のような、軽い格好だ。

とりあえず信用して、それでもカラスの行水《ぎょうずい》程度に汗を流しただけで、ユカリはシャワーから出た。

と、いい匂いにつられて台所へ直行すると、志岐がフライパンを使っていた。意外と手際《てぎわ》よく、チャーハンだろうか、いためている。

「すげー。マジで料理なんかできんだ」

思わずもらしたユカリは、皿を出せ、と言われて、あわてて戸棚に手をかける。と、ふっと不安になってふり返った。

「……それ、俺の分もあんの？」

志岐が一人で食べるのを指をくわえて見てるなんて、あまりにもみじめすぎる。

おずおずとうかがうように尋ねたユカリに、志岐が顔をしかめた。

「バカ。俺のメシが食えねぇっていうんなら、別に無理して食う必要はないぞ」

その答えにユカリはあわてて、皿を二枚、テーブルに並べる。

志岐はざっ、とフライパンから皿へ二盛り、チャーハンを移した。運んどけ、と顎で言われて、ユカリは湯気を立てるチャーハンをリビングのテーブルへ持っていった。

きれいなきつね色で結構、うまそうだ。

その間に志岐は、デパートで買った中華の総菜《そうざい》をレンジで温めたらしく、しかしそれをプラスチック容器のまま持ってきたところを見ると、さほど料理にこだわりがあるわけでもないようだ。ユカリも別段、気にはしなかったが。

腹に入ればなんでもいいのだ。

志岐のチャーハンはうまかった。焼き肉かしゃぶしゃぶかカップラーメン以外の料理をしない――できない――ユカリにとっては、まったく驚きなことに。

食事がうまいとやはり空気も和《なご》やかになる。

あとかたづけはそれでもユカリが買ってでて（カラを捨てるだけ、ともいうが）、食後にコーヒーを淹《い》れてリビングにもどると、志岐が梱包《こんぽう》をといて、買ったばかりのパソコンをセットアップしていた。

ユカリがその手元を眺めていると、志岐がちろっ、と横目にユカリを見た。

「ヒマならおまえはツリーでも飾ってろ」

「んだよ…」

なんだかまた子供あつかいされたようで口をとがらせたが、それでも手持ちぶさたなので言われたとおり、ユカリはツリーと飾りをフローリングの床の上に広げてみた。

コンパクトに畳まれてはいたが、卓上のもみの木にしては結構大きめだ。高さが六十センチくらいはあるだろうか。

クリスマスツリーを作るなんて、何年ぶりだろう。なんだかわくわくして、ちょっと楽しいかも、と思ってしまったのは不覚《ふかく》だ。

昔、家族と暮らしていた頃。誕生日とクリスマス・イブの重なっていたユカリには、ツリーを作るのは自分の誕生日のろうそくを立てるようで、楽しかったのを覚えている。

「おまえ、なんでボディガードになんかなったんだ？」

ドライブにCDをセットしながら、志岐が尋ねてきた。

プラスチックの葉っぱを広げ、幹《みき》を茶色の台に差しこんでいたユカリは、ん？　と手を止める。

「あの真城とかいう男に憧れて、か？」

重ねて尋ねた志岐に、ユカリは眉をよせた。

真城とは最初の顔合わせの時に会っただけのはずだが、かなりカンのいい男だ。

「……悪いかよ」

しかしそのどこかからかうような口調に、むっと額にしわがよる。

「別に悪かないさ。まあ、あの男とおまえとは、タイプがずいぶん違うようだが」

「わかってるよ、そんなことっ」

さらにむかっとして、ユカリは口をとがらせた。

わかっている、のだ。

真城はユカリの目標であるとともに、とても追いつけない背中のようにも感じることがある。あんなふうにはなれない、と。

「映画みたいにカッコイイだけの仕事でもないだろう」

パソコンのセットアップを終え、無線で接続しながら志岐が淡々と言った。

自分がまだまだだ、ということはユカリにもよくわかっている。

でもいつかは、と思いながら努力するのは悪いことじゃないはずだ。

「誰かを守る、って仕事は張り合いがあるだろ？」

一番身近な守るべき存在も、逆に守ってくれる存在も、ユカリにはもうないのだ。

両親には心配をかけるだけで、結局何も返すことができなかった。先生とケンカをして学校に行かなくなった時だって、頭から叱ることはなく、ユカリの話を聞いてくれた。合わないんなら、もっと大きな世界へ飛び出してみろ、とアメリカへ行かせてくれた。

自分が十分にできなかったことを、他の誰かに返すことができれば、と思う。あるいは守ってほしい人を、誰かの代わりに守ってやることができれば、と。それで誰かが幸せになるのなら、うれしいと思うのだ。

「あんたのことだって……ま、気に食わないけど、でも俺は全力で守るよ。かすり傷一つ、負わせないくらいにね」

まっすぐに志岐を見て、ユカリはきっぱりと言った。

志岐みたいな男には、子供っぽいただの感傷《かんしょう》だと思えるのかもしれない。

それでも、文句あるかっ、というようにギッとにらみ返したユカリを、志岐がふっと手を止めてじっと見つめていた。

そして、なるほど、と静かにうなずく。

鼻で笑われるかと思っていたので、ユカリはちょっとばかりとまどった。

その静かな笑《え》みに、ふいにドキリとする。

おとなの余裕、なのだろう。

自分がガードをする身なのに、なんだか何もかもかなわないような悔しさ。

きっと、横でユカリがジタバタしているのなんて、志岐にしてみれば本当に子猫がじゃれているくらいのことにしか感じられないのかもしれない。

自分勝手だし、嫌みだし、口は悪いし、自分のことをまったく信頼してもくれない――。

でも、とっさに子供を助けてやるような優しさも確かにある、のだ。

強さと、優しさと。

それはずっと、ユカリが手を伸ばしてきたものだった。

カッコばかりまねて身につくものではない。ただ技術を磨けばいいというものでもない。

誇り、とか、信念とか。もっと自分の内側にある何かが、この仕事を続けるには必要なのだと思う。人によって、それはいろいろなのだろうけど。

ふっと、ユカリはソファの上に片膝を立て、もう片方の膝にパソコンを乗せて、何か操作《そうさ》している志岐の横顔を見つめた。

――真城とはまるで違う。

真城のような穏やかさや、目に見える優しさはまるでないのに。

でも何かが……血液の中に混じって、ゆっくりと体中の細胞に広がってくるようだった。

惹《ひ》きつけられる。

——少しでも認めさせたい。認めてほしい。

そんな思い。

それが意地なのか——プライドなのか……。

あるいはもっと別なものなのか、ユカリにはまだ、わからなかったけれど。

◇　　◇

それから数日。

近所で買い物をしたり、予約したジムで汗を流したり、プールで泳いだり……、時には夜の街へ出てバーで飲んだりと、志岐は不労所得者の優雅な生活を享受《きょうじゅ》していた。

一度など、ふらりと入ったクラブハウスで、その場にいた客全員に飲み物をおごったこともある。

野性的なところがセックスアピールになるのか、そうでなくとも顔もよく、ガタイもよく、さらには金離れもいい、と三拍子《さんびょうし》そろった志岐を、女たちがほってはおかない。

クラブでは次々と女たちが志岐の隣につめかけていた。

実際、そのあたりだけが異様に盛り上がって、他の男たちがすっかりしらけたくらいだ。

もともと踊ったり歌ったりする派手な場所ではなかった。二十代後半からの、キャリアのある男女が落ち着いたムードで、飲んで会話を楽しむような、シックなクラブだったのだ。

志岐はテーブルについたまま、正面の壁に飾られたダーツの的《まと》に、無造作に矢を放っていた。

一番上の20のマークがあるところ、その円で区切られた細い升目《ますめ》に、一本。ストン…と軽い音を立てて突き刺さる。

続けて、そのすぐ下の部分にもう一本。そして最後に、ど真ん中。

三本の矢がきれいに一列に並んで射抜《いぬ》かれるのに、なかば息をつめて見入っていた女たちがいっせいに歓声を上げた。

カウンターの端《はし》でウーロン茶をなめながら、ユカリは妙にむかむかする気持ちでそのパフォーマンスを眺めていた。

……まったくこんなに人の出入りの激しい、薄暗いところでへらへらと飲んでるなんて冗談じゃないっ！

という保安上の憤慨――のはずだが、それだけでもなく、志岐の腕にしなだれかかる女たちの媚態《びたい》に、グラスを投げつけたいような衝動にかられる。

もっとも女たちが騒ぐほど、志岐自身は浮《うわ》ついてはいなかった。

が、それなりには楽しんでいるようで、そんなクールな様子に女たちはさらに色めきだつ。

群がってくる彼女たちを適当にさばく様子はホスト並だ。

ユカリがにらんでいることなど百も承知で、時々ちらっとこちらに向けられる志岐の視線が、からかうように笑っている。

タチの悪いことに、ユカリが一人、悶々《もんもん》としている様子が楽しいのだろう。

ユカリ自身も時々、一緒に飲みましょうよ、と女の子に腕をとられるのだが、好きに遊べる志岐と違ってこっちは仕事中なのだ。

「……君のツレ、ずいぶんもててるね」

カウンターに飲み物を注文にきたついで、というように、三十前くらいの男が声をかけてきた。

「いいのかい？」

何か意味ありげに尋ねてくるのに、ユカリは肩をすくめてみせる。

「遊びに来てるんだから、別にいいんじゃない？」

それでも不機嫌さがにじみ出してしまったのだろうか。

男が喉で小さく笑う。

「どう？　こっちは俺たちで楽しむっていうのは？　君みたいに可愛いコが一人ですねてるなんてもったいないな。むこうで一緒に飲もうよ」

男の腕が妙になれなれしく肩に触れてくる。

ユカリはそっとため息をついた。

男の下心は、なんとなくわかった。……ここはその手のクラブではなかったはずだが。

アメリカでも、ユカリはそういう誘いを受けたことが何度もある。

「悪いけど。可愛い女のコを誘ってくれる？」

ユカリは男の手をあっさりと払い落とした。

駆け引きでもなく淡々とした答えに無理だとあきらめたのか、男はふられたショックを愛想笑いに隠して、飲み物だけを手にして離れていった。

やれやれ、とユカリが向き直ると、薄暗い中、じっとこっちを見ていたらしい志岐と目が合った。

にやっと笑った志岐の指先で、何かが光った――と、思った次の瞬間。

志岐がその指を弾く。

「……っ！」

とっさに、ユカリは顔の前でかばうように左手を出した。その手のひらを打ちつけるように、パシッ、と何かがあたってくる。

飛んできたそれを左手につかんだ瞬間、ユカリはわずか顔をしかめた。

鋭い痛み。

手を開いてみると、それはサイダーか何かの王冠《おうかん》のようだった。

あの距離から、軽い王冠をこの勢いで、しかも正確に飛ばすだけの腕力《わんりょく》……というか、指の力はかなりのものだ。

志岐がグラスを持って、ふらりとこっちにやってきた。

「楽しんでるか、ガードさん」

皮肉《ひにく》な調子で言うのに、ユカリは目をつり上げた。

「もうじゅうぶん、スリリングな気分を楽しませてもらったよ。VIPさまにはそろそろお帰りいただきたいんですけどっ？」

むかっ腹を立てながら、ユカリも皮肉に言い返す。

それを志岐が鼻で笑った。ジンか、ウォッカだろうか、くいっ、とグラスの中の透明な酒を一気に喉へ流しこむ。そして、顎で軽くむこうにたむろする女たちを指して、志岐が言った。

「お誘いがあったんで、今夜は泊まって帰りたい――、って言ったら？」

その言葉にユカリは目をむいた。

「なっ…、バカ言ってんな！　冗談じゃないっ。そんなことさせられるかっ！」

思わず叫んだユカリに、まわりが驚いたように注目する。

「首に縄《なわ》をつけても連れて帰るからなっ」

低く宣言したユカリに、志岐が恐いな、とつぶやきながらも喉で笑う。

「しかたがない。そろそろ帰るか」

ちらりと腕時計に視線を落として、志岐が言った。

本当に力ずくとなれば、ユカリ自身、志岐を止められる自信はない。そしていつもの志岐なら、自分の都合を押しつけてこのまま女とホテルにしけこむのではないかと、内心ではらはらしたのだが、意外とあっさりと引いてくれて、ユカリは驚いた。

——しかし。

志岐が帰る、と告げると、じれて集まっていたまわりの女たちからいっせいに悲鳴が上がった。

「まだ、ぜんぜん早いじゃない！」

「これからが夜も本番なんでしょーっ」

本気で目の色が変わるくらいに迫ってくる女たちに、思わずユカリもたじろいでしまう。

どうやら、マジで志岐をゲットするつもりだったようだ。

だがその非難を、志岐は低い……甘い声でさらりとかわした。

「悪いな。あんまり遊んでるとコイツが妬《や》くんでね」

コイツ、といきなり頭を抱きよせられ、わけもわからず、ん？　と、ユカリが首をひねった次の瞬間――

視界が閉ざされ、キャー、という女の悲鳴だけが耳に届く。

首を抱くように後ろからまわってきた志岐の手がユカリの顎を持ち上げ、そのままキス――されたのだ。

瞬間、頭が真っ白になる。

太い腕にからめとられる格好で逃げ場もなく、何が起こったのかも把握《はあく》できなかった。

熱い志岐の舌に自分のを吸い上げられ、濡れた感触に唇をなぞられる。

結構、長かった――のではないだろうか。

ハッ、と我に返った瞬間、ユカリは思いきり志岐の胸を突き放した。

「バッ…！　何すんだっ！」

叫んだユカリに、志岐はにやにや笑いながら耳元でささやいた。

「ガードなら依頼人の窮地《きゅうち》を救うもんだろ？」

そしてあっけにとられている女たちに軽く手をふると、目をつり上げるユカリの腰を抱くようにして、さっさと店を出た。

「――おまえなっ！」

店の外へ出るなり、ユカリはようやく志岐の腕をふり払うようにして身体を離した。

「別にファースト・キスってわけでもないだろう?」

さっきの男とのやりとりを見ていたのか。

ユカリにこだわりがないと思ったのか、あっさりと言う志岐にユカリは食ってかかった。

「だからって誰とでもするもんじゃないだろっ!」

友達とのキスだって、女の子とのキスだってあんな……、あんな濃厚《のうこう》なのはしたことがない。

思い出しただけで、口の中をなぞる志岐の舌の感触がよみがえってきて、カーッ、とユカリの頬に血がのぼった。

呆然《ぼうぜん》としていたあの時より、さらにリアルな記憶に、ユカリは今さら、自分の手で口を隠した。

「うまい男としてみると自分の下手さがわかっていいだろう? なんなら、もっとたっぷりと教えてやろうか?」

そんなユカリを眺めて志岐がにやにやと人の悪い顔で笑う。

完全にからかわれているのだ。

勝手なこと言ってんなっ、と反論したものの語気が弱くなってしまったのは、やっぱり志岐のキスがうまかった——認めたくはないが——せいもあるのか。

握った拳を震わせて志岐をにらむユカリに、志岐がポケットからタバコをとり出しながら、小さく笑った。

「俺だって誰とでもするわけじゃないが」

どういう意味だ、と思ったその時、ハッと、ユカリはそれに気づいた。

……酒臭くなかった……？

志岐とキスした時。かなり強めの酒で、何杯もグラスを空けていたはずなのに。

どういうことだ……、と混乱した状態で、ユカリはじっと志岐を見上げた。

「どうした？」

志岐の怪訝な顔に、しかしユカリは首をふっていた。

「……別に。さっさと帰るぞ」

それだけ言って、ユカリは歩き始めた。

大通りまで出たあとは、帰りの足にタクシーを使う。

――つまり飲んでなかった、ってことか？　飲んでいたのは、水だった……？

わざわざ自分でクラブに飲みにきて？

内心でユカリは考えこんだ。

だが、どうして――？

しかしすぐに、そんなささいな疑問は頭から吹っ飛ぶようなプレゼントがユカリたちを待っていたのだ――。

◇

◇

それをポストの中に見つけたのは、ユカリだった。

サンプル、と表に朱書《しゅが》きされ、中はケースに入ったＤＶＤのようだった。宛名はポスト通りの志岐の名前で、送り主にはいかにも怪しげな会社名。

『ご希望の番号をお知らせください。電話一本でお届けします』

と印刷の入った封筒は、もちろんピザ屋のものではない。

どう見てもエロビデオの類《たぐい》だろう。

「へーえ…、あんた、サンプルがくるほど特別会員サマなのか？」

意味もなく弱みを握ったようで、ニタニタとしながらユカリはそれを志岐に投げかけた

——瞬間、ひらめいたのだ。

触るなよっ、と志岐にわめき、ユカリは携帯で真城に連絡をとった。

真城は必要な機材をもって、すぐにマンションにやってきた。

そしてその包みをスキャナーにかけると、厳しい表情でユカリにうなずいてみせた。

「間違いないな」

――メール爆弾。

最近のはやり、というか、日本でも出まわるようになっている。

ぶるっ、とユカリは背筋を凍らせた。

「せいぜい両手が吹っ飛ぶくらいで、殺傷能力はそれほど高くなさそうだな。警告だろう。辞退しろ、という」

包みを注意深く特殊ケースに収めると、手袋をはずしながら、真城が静かに言った。

ふん、と鼻を鳴らした志岐が、何か考えるように唇をなめる。

「警察に届けますか？」

「冗談じゃない」

真城の問いに、志岐が即座に吐き捨てるように答える。やはり暴力団と関係があるせいか、警察とは相性が悪いのか。

真城は肩をすくめた。

まあ、それは依頼人次第である。

「どうします？　ガードを増やしますか？」

「真城っ！」

当然の、真城の提案だった。

が、思わずユカリは叫んでいた。

一人で大丈夫だっ、と、そう口から出かかった。

自分に任された仕事を、最後まで自分の力でやり遂《と》げたい――、と思う。真城も、そんなユカリの気持ちはわかっているはずだった。

だが人一人の命に関わることを軽々しく判断できないことも、真城は、そしてユカリ自身、よくわきまえていた。

自分からは何も言うことができず、膝の上でぐっと拳を握るユカリに、ちらっと志岐が視線を向けてくる。

思わず、すがるような目になっていたのかもしれない。

壁にもたれかかったままの志岐が、シードルの瓶《びん》をラッパ飲みしてから、口を開いた。

「ただの脅《おど》しだろう」

「しかし……」

「べったりと何人もに張りつかれるのはうっとうしい。こいつ一人で十分だ。ソレに気づいたのもこいつだしな。まぁ、あと一週間くらいは使えるだろう」

冷静に考えればずいぶんな言われ方のような気もするが、しかしユカリはその言葉が胸に沁《し》みるようにうれしかった。

――少しは信頼してくれた、と思っていいんだろうか……?

わかりました、とため息をつくように答えた真城が、ユカリに向き直った。

「じゃあ、何かあったら必ず連絡すること。定時の連絡も忘れずにね」

心配げな眼差しに、ユカリはしっかりとうなずく。

真城がメール爆弾と一緒に帰っていくと、何か力が抜けるように、ユカリは肩から大きな息をついていた。

冷たい汗が背筋をすべり落ちていく。

今までは、ガードしていたとはいえ志岐が本当に命を狙われているのかどうか、はっきりとしなかった。

だが相手は本気だ――、とわかったのだ。住所も調べられている。今度は警告ではすまないだろう。

そう思うと、とたんに不安になる。

「……よかったのか？　あんた、ホントに狙われてるんだよ？」

だるそうにソファに身体を投げ出していた志岐は、ちょっと意外そうにユカリを見た。

「ずいぶん気弱じゃないか」

片頬で笑うと、ちょいちょい、と指先で、犬を呼ぶみたいにしてユカリを招く。

いつもならかみつくところだが、ユカリは呼ばれるままにおずおずと志岐に近づいた。

「――うわっ！」

手が届くところまで行くといきなり手首を引っぱられ、ユカリはバランスをくずして、そのまま志岐の身体の上に倒れこんだ。

せまいソファの上で、不安定な体勢なのに、がっしりとした腕の中に抱きこまれていると不思議な安心感がある。

シャツ越しの志岐の体温が頬に熱い。

頭の後ろに大きな手をおかれたまま、胸の中に、まるでぬいぐるみかペットでも抱くように抱きしめられて、ユカリは志岐の腕の中で、無意識に息を殺した。

志岐の鼓動《こどう》が頬に刻《きざ》まれる。それに重なるように、自分の心臓がドキドキと大きく打ち始めるのがわかる。

「……し、き……？」

だがそのまま、身動きしない志岐に、ユカリはとまどった。

「弟がいた」

頬を志岐の胸につけたまま、小さな声で呼びかけた時、ふいに志岐がつぶやいた。

えっ、とユカリが小さく声を上げる。

——いた？

「俺は……守ってやれなかったが」

ハッと、志岐の腕の中でユカリは身を強張らせた。

——死んだ、ってこと……?

ユカリが何もできないまま家族を亡くしたように。

ふっと志岐の腕の力が抜け、ユカリはそろそろと顔を上げた。

志岐が目を細めるようにしてユカリを見つめていた。

小さく、唇だけで笑う。

「おまえは、全力で守ってくれるんだろう?」

飲みこまれそうな志岐の視線の中で、瞬きもできないまま、ユカリはこくり、とうなずいた。

「絶対——、守るから」

両手が無意識にぎゅっと志岐の肩をつかむ。

「信用してよ——!」

泣きたいほど、必死にそう思う。

「ガードは…、俺たちは、契約中は依頼人のことだけずっと見てるし、依頼人のことだけ、一番に考えてる」

——いつでも、志岐のことだけ、見てる。

志岐の指がゆっくりと上がり、そっとユカリの唇に、なぞるようにして触れた。

ふっ…、と、ドキドキするほどセクシャルな唇が笑う。喉をかみ切られそうに獰猛《どうもう》で、でも、どこか甘い、唇。
「契約中は……俺のモンだってことか?」
息が肌を撫でるほど、距離が近い。
その言葉に、カッ、と全身が熱くなる。
どういう意味で言っているのか、わからなかった。
ん…？　と低く問うように鼻先が頬に近づいてくる。
――唇が、触れるかと思った。
ユカリは思わず、目を閉じた。
が、次の瞬間、ふいに志岐はユカリの肩を引き離した。
吐息だけで笑い、ポンポン、とユカリの背中をたたく。
「……頼りにしてるさ」
作ったような軽い口調。
そして、するりと足を抜いて、ユカリの身体をソファへ残したまま立ち上がった。
何かかわされたような唐突《とうとつ》さで、ユカリはしばらくソファの上で呆然としてしまった。
おやすみ、と背中越しに声がかかり、志岐はそのままベッドルームへ消えていく。
――なん…っ、だよ……っ！
ユカリは思わず拳を握って、ソファの背をぶったたいた。

なんだかすごく……悔しかった。

自分だけ、何か期待していたようで。

◇　　　◇

その晩、ユカリは眠れなかった。

志岐の言葉、一つ一つが頭をめぐる。指先で触れられた箇所から、いつまでも熱がとれない。

だがそれだけでもなく、今まで気にしたこともなかった風の音が耳につき、窓の下でネコが立てる小さな物音にも神経が高ぶってしまう。

襲われる時間をこっちが指定できるわけじゃない。それだけに気が落ち着かないのだ。

「……寝てないような顔だな」

翌朝、寝室から出てきた志岐が、ソファの隅で飛び上がったユカリに声をかけた。

ドアの開く音に、ユカリは反射的に腰のクラブに手をやっていたのだが、志岐の姿にほっと肩の力を抜く。

「あ…、おはよう」

命の危険があるとわかって、こいつはよく眠れるな、とちょっとあきれながら、ユカリはあわてて目をこすった。

もっとも、依頼人に安心してぐっすり休んでもらえるのならガード冥利《みょうり》につきる、というところだが、この男の場合は単に神経が図太いだけだろう。

「目が赤いぞ」

無造作に顎をとられて、じっと至近《しきん》距離から顔をのぞきこまれ、ユカリはふいに脈拍《みゃくはく》が上がるのを感じた。

「だ…大丈夫だよっ」

反射的に目をそらし、動揺しているのをごまかすように言葉を継《つ》いだ。

ゆうべのことなど志岐の方はすでに記憶にもないかのように、いつもと同じ様子だった。

もちろん、何かあった、というわけではないのだが……。

志岐には意識に残るほど、たいした会話でもなかったのだ——、と思うと、ちょっと胸がつまるような気がする。

それでもユカリは、つとめていつもと同じ声を出した。

「どっか出るの？」

「ああ。人と会う約束がある」

さすがに昨日の今日で眉をよせたユカリだったが、仕事だ、と言われれば強くは食い下がれない。

ついでに昼飯を食ってこよう、という志岐についていった先はホテルのレストランで、ちょっとばかりユカリはラフな我が身をふり返ってしまった。

志岐にしても同様なのだが、それでも貫禄の違いなのか妙に慣れたふうで、さほど浮いて見えないのが不思議だった。

バイキングのランチをとって、それから志岐が時間を確認してから、一階のカフェラウンジへ降りていった。

相手はすでに来ていた。

先週デパートへ行った時に会った、例のヤクザの組長と同行していた男だった。

きっちりと折り目正しい、さすがにシャープな雰囲気だが、一見してヤクザにはとても見えない。昨今《さっこん》のインテリ・ヤクザというヤツだろうか。

仕事の話だから外してくれ、と志岐に言われ、ユカリは二人が見える場所にテーブル二つ分くらい離れて席をとった。

幸い空《す》いていたので、間に人をはさまず、二人の様子がうかがえる。

ホットココアをすすりながら、ユカリは油断なく四方に目を配り、しかし庭に面した大きなガラス張りのカフェは日差しの降り注ぐテラスのようで、ユカリはその暖かさと満腹感にちょっとうとうとしてしまった。

ハッと気がつくと、ちょうど目の前で志岐が立ち上がったところだった。相手の男もきっちりと一礼してきびすを返す。

あわてて時計を見ると、三十分くらい話していたようだ。

志岐がこちらを向いたので、ユカリも伝票《でんぴょう》を持って立ち上がった。

「……まさか、ヤクザにもどるつもりじゃないんだろうな?」

ヤクザの幹部との密談の意味をはかりかねて、うかがうようにユカリは尋ねた。

「遺産をもらい損《そこ》ねたらそれもいいかもな」

唇で笑って、軽く志岐がかわす。

その言葉にユカリはホッとした。本気ではない、とわかる口調だった。

多分志岐は、ああいう世界でも生きていけるのだろう――し、今まで生きてきたのかもしれない。

でも……、これからまた、そんな世界へもどってほしくはなかった。

どうせ志岐とも、あと数日我慢すれば二度とは会わないだろうに。

ホテルから外へ出たとたん、日差しにわずか目がくらむ。

真夏でもない、十二月の弱い太陽なのに。

――寝不足か……。情けねー…。

右手を額にかざし、ユカリは思わず顔をしかめる。しっかりしろ、と自分に言い聞かせた。

と、その時だった。

キィ――ッ、と耳をつんざくような、不快な音があたりに響き渡った。

急発進した車の、タイヤのきしむ音。

ふっ、と引かれるようにその方向に向き直ったユカリの目の前――

黒い車が一台、視界の中でみるみる大きくなった。

――え……？

思考が、一瞬、働かなかった。

「ユカリ――！」

聞いたこともないほど切迫《せっぱく》した志岐の叫び。

……俺たちを……狙って？

明白《めいはく》なその車の意図がようやく頭に浮かんだ時。

――志岐――！

ハッ、とユカリはふり返った。

と、同時だった。

どん、と全身にものすごい衝撃が走る。

志岐の身体が、ユカリを突き飛ばすようにして体当たりしていた。

そのまま、二人の身体はもつれるように後ろの植えこみに倒れこんだ。バリバリ…、と小枝の折れる音が耳に弾ける。

志岐の大きな腕が、ユカリの身体を抱えこむようにして地面をこする。

「し…き……」

すべてが一瞬の出来事で、ユカリは呆然と息を飲んだ。ユカリの指が、無意識に志岐のコートの襟をつかむ。

背中を支える腕の強さ。頬にあたる胸の温もり。

一瞬の恐怖――が包みこむような安心感にぬりかえられていく。大丈夫なんだ、と、この腕に抱かれているだけで、そう思える。

ほっ、とユカリは息を吸いこんだ。

だがそんな思いも、次の瞬間、耳に届いた急ブレーキの音に引き裂かれた。

ギュン、と音を立てて、猛スピードで車がバックしてきたのだ。

チッ、と舌を打った志岐がしなるようなバネで跳ね起き、ユカリの腕を力任せに引きよせた。

「わわわっ…!」

転がるように植えこみの反対側に逃れたその目の前で、ガン、と車が敷石《しきいし》に乗り上げる。

そのまま二、三度、タイヤを空まわりさせた車は、さすがにあきらめたのか、ようやくタ

イヤが地面にかかるや、あっという間に走り去っていった。

その車体が視界から消えた頃、ようやくユカリは肩で息をついた。

——襲われた……んだよな……？

今さらに冷や汗が流れる。

「おい…、大丈夫か？」

ぽん、と頭をたたかれて、あ、とユカリはふり向いた。

うん…、とうなずき——次の瞬間、ユカリは顔色を変えた。

「志岐——、あんたはっ？」

「ああ…、ケガはない。むこうもそろそろ本気を出してきたようだな」

ズボンの膝や腕のあたりをはたきながら、志岐がまるで他人事《ひとごと》のように返事をする。

ユカリはホッとした、と同時に、その場に立ちつくした。

……俺が、助けられた……のか？

ガードの立場で、依頼人に。

——笑い話にもならない。

「ユカリ？」

身動きしなくなったユカリに、怪訝そうに志岐が声をかけてくる。

ユカリはぼんやりと志岐の顔を見上げた。

「どうした？　頭でも打ったのか？」

いつものからかうような調子。後ろにくくったしっぽみたいな髪を、ちょいちょいと引っぱってくる。

あんなことがあったあとでも、少しも動じることはない。どんな時にも自分を失わない、冷静さと判断力。

自分一人の力で、生き抜いてきた男の顔だった。

——俺はやっぱり必要ないのか……？

「俺……」

何かいろんなことがめまぐるしく頭の中を駆けめぐった。

甲高《かんだか》いタイヤの音が耳につく。デパートの人混み。ざわめき。悲鳴。爆発音。『ガードを増やしますか？』真城の声。

頭の芯《しん》がスッ…、と冷える。

ふいに地面が消えたような浮遊《ふゆう》感。

「——ユカリ!?」

驚いたような志岐の声が、意識に残った最後だった————。

気がつくと、ユカリはマンションのベッドに寝ていた。

ゆっくりと目を開くと、すぐ横、ベッドの端に腰をおろしたまま、志岐がノートパソコンを使っていた。パタパタ…となめらかなキーボードをたたく音。

ユカリの目覚めた気配に気づいたのか、ふっと首をまわしてくる。

「起きたのか」

あ、とユカリはあわてて上半身を起こした。

どうなったのかまったくわからなかったが……恥ずかしいことに、あのホテルの前で気を失ったらしい。

「あんたが……運んでくれたの？」

「結構重かったな」

ユカリはしゅん、とうなだれた。

「ごめん……」

これは失態、という言葉ではすまされない。

少なくともその間、完全に自分の仕事ができなかったのだ。……いや、それ以前の問題でもある。

「緊張が切れたんだろう。ここにきて以来、まともに寝てないいんじゃないのか。ゆうべはほとんど徹夜だったようだしな」

淡々と言いながら志岐がパソコンを閉じて、床へおき直した。

ユカリは目を閉じて肩で大きな息をついた。

「……本部に連絡して、ガード、替わってもらうよ……」

ぽつり、とユカリは言った。

何か、体中から力が抜け落ちていた。

……人一人の命を守る、なんて。

何もわからずに簡単に口にしていた。自分に何ができるかもわかっていなかったくせに。

ユカリのその言葉に、ん？　と志岐が身体をまわしてユカリに向き直った。

「どうした、おまえらしくもない。ずいぶんみじめったらしく負けを認めるじゃないか」

その言葉に、くっ、と何かが喉元にこみ上げてくる。

「自分の身も自分で守れないガードなんて、最低じゃないか……っ」

吐き出した瞬間、じわり、と涙がにじんだ。

唇をかみ、肩を震わせるユカリを、志岐がじっと見つめた。

「なるほど。手に負《お》えなくなったら、あっさり途中で放り投げて逃げ出すわけか？」

「だって！」

思わずキッとなって、ユカリは志岐をにらんだ。

「俺がいる方が足手まといなんだろっ？」

「はっきり言えばそうだな」

志岐の容赦のない答え。

「だったら――！」

「それでいいのか？」

静かな、志岐の言葉。

瞬間、ユカリはハッとした。身体の奥に、サクリ、と切りこまれたようだった。

「それでおまえは納得できるのか？　全力で、俺を守ってくれるんだろう？　おまえの全力ってのはこの程度なのか？」

まっすぐに見つめられて、ユカリは息を飲んだ。

口の中が渇いていく。ぎゅっと布団《ふとん》の上で拳を握った。

……確かに、こんな中途半端なまま投げ出すのはつらかった。

だが正直、恐くもあった。

もし――今度、同じことがあったら。もし今度、守ることができなかったら。

「どうする？　今からやめるか？　ま、俺はかまわないが。別に契約違反で違約金《いやくきん》をとろうとは思ってないしな」

冷たい言葉。

でも本当は……そうじゃない。

こんな言葉で、志岐はユカリの気持ちを奮い立たせてくれる。

おそらく志岐は、自分が言うように、自分の身は自分で守れる、のだ。ユカリがついているのは、ほんのオマケ程度のことだ。

それでも――。

「……いいの？」

そっとうかがうように尋ねたユカリに、志岐が肩をすくめた。

志岐の――自分自身の命に関わることだ。

「まあ、今度は弾《たま》よけくらいにはなるかもしれんしな」

皮肉な言い方。それでもユカリには、志岐がもう一度、チャンスを与えてくれたような気がしていた。

ふぅ、とユカリは息をついて、ベッドの脇に放り出されていたポーチから携帯電話をとり出した。

ともかく本部に――真城に、襲われたことを報告する。

イブまで、残りあと三日。

真城の判断は早かった。

「……わかった。うん」

電源を切って、ユカリは志岐に向き直った。

「明日、場所を移すって」

もっと安全な場所に、だ。

ああ、と顎を撫でながら志岐がうなずいた。

「今、何時？」

尋ねながら、もそもそとベッドから起きようとしたユカリを志岐が止めた。

「四時過ぎだ。今日はもう寝てろ」

「そんなわけにはいかないだろ」

起きている依頼人の横で、ガードがぐーすか寝ているなんて。

しかし起き上がろうとしたユカリの身体は、張りつけられるように志岐の手で押しもどされた。

身体ごとのしかかられるような体勢に、ふっと胸が苦しくなる。

「ふらふらする身体でうろつかれる方が迷惑だ」

しかし目の前でぴしゃりと言われて、ユカリは一瞬、ひるんだ。

ツン、と鼻に何かがのぼってきて、そのまま両目からこぼれそうになるのを必死にこらえて、唇をかんだ。

……確かに、そうなんだろうけど。

いつもなら倍も言い返せるところだが、少しばかり気弱になっているようだ。

「あのな…、ユカリ」

そんなユカリに、志岐がちょっとうろたえたような、困ったような表情を見せる。

志岐のそんな顔は初めてで、ユカリは思わず目を丸くして驚いた。

気まずいのか、さすがに言いすぎたと思ったのか、志岐は少し早口に続けた。

「……今日はもう、外へは出ない。約束する。だから一度、体調を整えろ」

真城みたいにはっきりと示してくれる優しさではないけど、……志岐の気づかいに、ユカリはすっ、と肩の力を抜いた。確かにまだ、頭の芯がぼうっとしているのだ。

うん、と素直にうなずいたユカリに、志岐がホッとしたように笑った。

「さびしいなら添《そ》い寝してやろうか？　それとも子守歌でも歌うか？」

そしてからかうように、ほら、とユカリの首のあたりまで布団を引き上げてくれる。

「……よけい目が冴《さ》えそうじゃん……」

志岐の子守歌なんて。

ようやくそう言い返して喉で笑ったユカリは、頬をかすめた志岐の手を反射的に握っていた。

「絶対、一人で外へ出るなよ？」

じっと志岐の目を見て、念を押す。

ああ、と志岐がうなずいた。

「心配ならずっとこうやって、俺の手を捕まえておけばいい」

志岐の大きな手が、ユカリの手を握り返してくれる。そしてもう片方の手が、ふわりとユカリの額に伸びてきた。

子供をあやすように、指先がそっと前髪をかき上げる。

心地よい感触。

「おやすみ、ユカリ」

顔の輪郭《りんかく》がぼやけるくらい近い。

低い、声。

それに引きこまれるように、ユカリは目を閉じた。

ふわりと唇に触れた、温かい感触が何だったのか……。

ユカリはすとん…、と落ちるように眠りについた。

◇

◇

「上がりだ」

そう言うと、志岐はくわえていたタバコを手元の灰皿に押しつけた。

そしておもむろにクラブのJ、Q、Kと続きの絵札を三枚、すべらせるようにしてテーブルに広げる。指に残った一枚を捨て札にテーブルの中央に弾き飛ばすと、志岐はあえてゆったりと、ユカリの反応を見るようにイスにふんぞり返った。

「ぐわーっ、ちくしょーっっ！」

一瞬絶句したユカリは、次の瞬間、カードを放り投げて、テーブルに突っ伏していた。

ババ抜き、ポーカー、ブラックジャック、そしてセブンブリッジときて、………完敗だった。

そしてそれの意味するところを、ユカリは完璧に理解していた。

ユカリは横においてある得点表のメモを、ちろりと眺めた。ぐしゃぐしゃに引き裂いてばらまきたい衝動にかられる。

スピード違反で捕まった男が違反切符を飲みこんだ、という話も聞くが、まさにユカリもその心境だった。

——この勝負は、ユカリにとってそれだけ大きな意味があった、のだ。

「……さて。どうする？」

にっ、と悪魔のような笑みで、志岐がユカリを見た————。

あのひき逃げされかかった翌日。

ユカリたちは安全を確保するために、マンションから出て別の場所へ移った。

用意されたのは、都内のかなり高級なホテルの五階の部屋だった。

広めのツインの一室。セミダブルのベッドが二つに、ライティングデスクにドレッサー、小さなテーブル。長いソファに、足おき《オットマン》のついたアームチェアが二脚《きゃく》。それでもせまさを感じさせない十分な空間がある。

キャビネットの上のクリスマスツリーは、せっかく作ったんだから、とユカリが持ってきたものだ。

志岐はカラフルな電飾《でんしょく》まで買っていて、それはイブをカウントダウンするように、チカチカと葉っぱの上で点滅していた。

ホテルの部屋自体は居心地がよかったが、しかしさすがに丸三日、こもっているとなると飽《あ》きてもくるし、いらだちも覚える。

つきっきりで守られている、というのは、裏を返せば見張られている、というのと同じ状況なのだ。息苦しくなるのは当然で、依頼人になるべくそれを感じさせない配慮がガードには求められる。

テレビを見て映画を見て雑誌を読んで。それに飽きると、チェスをしてオセロをして、この三日、時間をつぶしてきた。

そして二十三日。

最終日の今日は、ずっとカードをしていたのだが……。

チェス、オセロと負け続けたユカリは、ちょっと、いや、かなり――ムキになっていた。

まあそれでも、そんなゲームはふだんやりつけていないのだから、と自分をなぐさめ、そしてこのカードで内心雪辱《せつじょく》を誓っていたのだ。

……が。

ババ抜き、ポーカー、ブラックジャックと、それはもうこてんぱんに、完膚《かんぷ》なきまでにたたきのめされた。

「金を賭《か》けてたら、おまえのガード料くらいは吹っ飛んでたな」

鼻で笑われて、完全に頭に血がのぼった。

「セブンブリッジだっ！」

ユカリは志岐に人差し指を突きつけて、勝負を挑んでいた。

セブンブリッジはアメリカにいた頃、よくバイト先のじいさんの相手になっていたので、かなり得意だったのだ。

だが志岐は、乗り気でなさそうに大きく伸びをしてみせた。

「二人でカードってのもいいかげん飽きたな」

「自信がないんだろ？」

しかしユカリの挑発になど乗るタマではなく、志岐は軽く肩をすくめる。

「頭の運動はもう十分だからな。そろそろ身体の運動がしてぇもんだな……」

「身体の運動？」

きょとん、と聞き返したユカリに、志岐がにやりと笑う。

「見張りがきびしかったんでな…、俺もいいかげん、たまってるんだが？」

意味ありげなイントネーション。

……って、つまり。

ヒクリ、とユカリの頰が引きつった。

「そうだな…、デリバリー・ヘルスとかあるだろう？　手配してくれねぇか？」

「──バカっ。ラブホじゃねーんだっ。そんなことできるわけないだろっ」

顔を赤くしてユカリは叫んでいた。

第一、スイートでもないこの部屋で、志岐がやってる最中、ユカリはどうしろというんだ？

横で見てろってか⁉

「じゃあ、おまえがくわえてくれんのか？」

しかしさらりと言われたその言葉に、ユカリは目をむいた。一瞬、言葉も出なかった。

「二十四時間完全ケアなら、下の世話もしてもらわねぇとな……」

「な…っ、なにバカなこと言ってんだよっ！」

しかしユカリの罵声《ばせい》に平然と志岐は続けた。

「言ったはずだな？　生命の保証だけなら警察に頼む。民間に金払って依頼する以上、プラスアルファの快適さを提供してもらわないと割が合わないいんじゃないか？」

勝手な言い分にユカリは唇をかんだ。

「『エスコート』ってのはサービスも一流だと聞いたんだが？」

「そっ…そんなサービスが入ってるわけないだろっ…！」

思わずつっかえるようにユカリがわめくのに、志岐は肩をすくめた。

「妥協《だきょう》して、俺はこうして不自由な生活を受け入れてやっている。そのくらいの便宜《べんぎ》は図るべきじゃないのか？」

ユカリは言葉につまった。

「エスコート」のガードは、身辺警護だけでなく、お相手、であることを求められる。暇《ひま》な時の話し相手から、食事の相手。パーティーへの同伴。旅行のつき添い。……ベッドの相手になることも、多分、あるのだろう。

つっこんで聞いたことはなかったけど、真城の言葉をにごした話からでもそれはわかる。

もっともそれは、合意があった時のはず、だった。もちろん、ガードにだって恋人はいるだろうし、選ぶ権利もあるわけで。

「あんた…、男でも、いいのかよ…？」

自分で言いながら、声が乾く。

志岐の顔から目が離せないまま、ごくっ、と思わずユカリは唾を飲みこんだ。

志岐はそれに、さらりと答えた。

「フェラに男も女もないだろう。まあ、俺はどっちでもいいが」

頬が熱くなる。それが怒り……なのか、なんなのか。

内心の動揺を素直に映すユカリの顔を楽しげに眺めながら、志岐がテーブルのカードをまとめる。軽い音をさせながら器用に切った。

「――まあ、俺もいいオトナだ。どうしても我慢できねぇ、ってわけじゃない」

意味ありげな視線。

ユカリは息をつめたまま、じっと志岐の出方を待った。

「賭けるか？　セブンブリッジ」

テーブルの中央に、ストン…、とそろえたカードがおかれる。

「えっ…？」

何か喉にからみつくように、ユカリは妙な声を出していた。

「おまえが勝ったら、俺もいい子で我慢してやるよ。どうせあと半日の辛抱《しんぼう》だ。だがもし俺が勝ったら……」

――そんな、バカな賭をしてしまったのだ。


セブンブリッジ十番勝負。

ユカリはものの見事に、木《こ》っ端《ぱ》みじんに敗れ去った。

「おまえは顔に出すぎる。勝負事には向かないな」

志岐がひそやかに笑った。

……そういう忠告は勝負の前に言ってほしかった、とユカリは思う。もっともユカリが耳を貸すはずもなかっただろうが。

まるで出会い頭《がしら》に目が合ってしまった猛獣が動き出す瞬間を待つ小動物みたいに、ユカリはびくびくと上目づかいに志岐を眺めた。

「そうおびえるなよ。選択肢を三つ、やろう」

そんなユカリに、志岐が鷹揚《おうよう》に言った。

ユカリは目をぱちぱちさせる。

「……三つ？」

「一つは専門家を手配する」

デリバリー・ヘルスなど、問題外だ。

「二つ。今からバーに飲みにいかせてくれれば自分で女を引っかける」

今、志岐を部屋から出すわけにはいかない。リミットまであと数時間なのだ。どうしても油断が出る頃で、相手もそれを狙っているかもしれない。

「三つ――」

にやり、と志岐が唇をゆがめて笑う。

「専門家じゃなくても俺が我慢してやる、というところか」

くっ、とユカリの喉が鳴った。

――なんて言いぐさだっ！

これはユカリにとって選択肢ではなかった。もちろん、志岐にもわかっているはずだ。

「……やりゃいいんだろ……っ」

低く、うめくようにユカリは言った。

ほう？　とわざとらしく、志岐が驚いたような声を上げる。

「本気か？　おまえにできるのか？」

ぺろり、と唇をなめた志岐の赤い舌が、ぞくりとユカリの肌を震わせる。

「俺の舌技《ぜつぎ》に腰抜かすなよっ」

ムキになってユカリは言い返した。

……いや、ホントは、男のモノなんてくわえたことはなかったけど。

「それは楽しみだな」

にやにやと笑った志岐が、腕時計に目をやって立ち上がった。

ユカリも反射的に時間を確認する。

午後の八時をまわったくらいだった。

――あと四時間足らず。

志岐がゆったりとベッドの片方に腰をおろすと、ユカリに向かって顎をしゃくった。

……俺って、バカ……?

内心でため息をつきながら、ユカリは憮然《ぶぜん》とした顔で、志岐の足元に膝をついた。

おずおずと志岐のズボンのボタンを外すと、そっとファスナーに手を伸ばす。フーゾク嬢にでもなった気分だ。

でも嫌だ、という嫌悪《けんお》感よりも何よりも、ただ無性《むしょう》に恥ずかしい。

必死に平静をよそおってとり出した志岐のモノは、さすがに身体にみあった大きさで……

思わずユカリは唾を飲みこんだ。

口にはとても入りきらないだろう。

心臓が急にバクバクと大きく音を立て始める。ぎゅっと目をつぶって、ユカリは顔を近づけた。

「かみつくなよ。俺のムスコは繊細《せんさい》なんでね」

頭上から楽しげな声が落ちてくる。

……ほざけっ！

と、内心で毒づきながら、ユカリはそっと舌をからめた。

茎にそって舌を這わせ、根本からくびれをなめ上げる。少したためらってから、思い切って先端《せんたん》を飲みこみ、喉の奥まで導いて、口の中で刺激してやる。

まるでそれ自身生き物のように熱く、固くなっていく志岐を、ユカリは必死にしゃぶった。

次第に、頭の中がぼうっとしてくる。

息が苦しくなり、一度口を離してから、もう一度、裏側をなめ上げた。

これで志岐のあえぎ声の一つも聞ければまだしも「勝った」と思えるのだが……。

ちらり、と上目づかいに見上げた志岐は、くっくっ、と肩を震わせて……笑っている。

「……んだよっ！」

人が必死こいてやってるのにっ！

口元を手でぬぐって、ユカリは思わずわめいた。

「ヘタクソ。ネコになめられてるみたいでくすぐったい」

「ネコにもさせたことがあるのかよ？　マジ、ケダモノだな」

ユカリはムッ、として言い返した。

「……妙なツッコミするな」

憮然と志岐がうめく。

「しかたねぇな。教えてやる」

――え…？

と思った時には、ユカリは腕を引っ張られ、ベッドの上へ投げ出されていた。

「ちょ…ちょっとっ、何だよ!?」

バタバタあばれるユカリを、しかし志岐はやすやすと押さえこんだ。

「おとなしくしてろ、……というのは無理なようだな」

志岐が余裕で笑う。

「何する気だっっ!?」

「察しがつかないのか？　にぶいヤツだな」

「だからっ！　そういうことを言ってんじゃないだろっ！」

しかしあわあわとわめいているうちにシャツのボタンが外され、下もあっという間に引き下ろされた。

「……どうした？　こっちのガードはずいぶん甘いようだな？」

直《じか》に中に手を入れられ、中心を握られて、ビクリ、とユカリは身体を強張らせた。

「ク…ソ…っ」

どうしようもなく、ユカリは食いしばった歯の隙間《すきま》から声をしぼり出す。

「あ…っ」

そのまま手の中であやされるようにやわらかくもみこまれて、思わずうわずった声がこぼれ落ちた。ギュッ、と無意識に志岐の腕につかみかかる。

かすれた笑い声が耳に届き、全身が一気に熱を上げた。

志岐の指先が強弱をつけて巧《たく》みに動き、あっという間にユカリを追い上げていく。

たまらず腰が揺れ、ユカリは志岐の手に押しつけるようにして身をよじった。

「く…っ…、ん……っ」

じわじわとその一点から快感が染み出してくる。こらえようとするそばから、自分の情けない声がもれる。

「ん…？　早いな。もうこぼしてるのか？」

からかうような言葉を耳元にささやきながら、とろとろともれ始めたものを志岐が指先ですくい上げる。

「ひ…っ、あぁ…っ！」

先端を指先で強めにいじられ、ザッ…と鳥肌が立つような快感――なのか、しびれが全身を走った。

「や…っ、あああ……っ！」

こらえきれずに先走りをにじませる部分を、遊ぶように爪でなぶられた。くびれを指の腹でこすり上げられ、指先がからかうように裏側をすーっと撫で上げていく。

ユカリは志岐の肩にしがみついたまま、何か溺《おぼ》れそうになるのを必死にこらえた。

正直、セックス自体、ひさしぶり、というより、あまり経験がないユカリだった。

ずっと真城が好きだったから……あきらめて、女の子とつきあってみたり、ヤケになって男とつきあおうとしてみたりもしたけど。でもやはり、長続きはしなかった。

こんなふうに、相手から与えられる快感は本当に初めて、だったのだ。

頭の芯が痺れていく。

自分のもらしたもので濡れた志岐の指が、ズッと根本からさらに後ろへとすべりこんでくる。あっ、と気づいた時には、一番奥まで行き着いていた。

「し…志岐……？　――やぁ……っ！」

なめるように入り口のあたりを指先で撫でられ、たまらず高い悲鳴を放つ。

「な…に、する気だ……よ……っ」

しゃくり上げるようにユカリがうめいた。

「気持ちよくしてやるだけだ」

さらりと答えた志岐は、さらにくすぐるように指先を動かす。

ゆっくりと、少しずつ、その指先が身体の奥に沈みこんでくる。

「力を抜いてろ」

少し熱を持った、志岐の声。

びくっと一瞬、身体に力のこもったユカリは、それでも言われるまま、荒い呼吸をくり返しながらそっと肩の力を抜いた。

「あ……！」

身体の芯に、志岐の指が入りこんでくるのがリアルに感じられる。

志岐のもう片方の腕が背中にまわされ、なだめるように肩を撫でる。

「そうだ。——どこがいい？」

答えられないことを尋ねながら、志岐がゆっくりと指を動かした。

「あっ…、う…っ、ん……っ」

志岐の指は、次第に慣らしていくように中を大きくかきまわし始める。

痛み、というよりも、なんだかわからない不安感——じわじわと湧き出してくる得体《えたい》の知れない感覚に、思考がにごっていく。

「い…っ、あぁぁ……っ！」

しかし志岐の指が狙ったように突いてきた一点に、ユカリは反射的に声を上げていた。

「ここか？」

楽しげな、志岐の声。

「や…だ…っ、や……っ！」

くすぐるように、えぐるように強さを変えて、志岐がその場所をなぶってくる。

ユカリは自分を抑えられず、高い声を上げ続けた。

と、志岐が突然、肩にしがみついているユカリの腕を引きはがした。

支えを失ってさらにパニックになるユカリにかまわず、志岐はいったんユカリの後ろから指を抜き、ユカリの両足を抱え上げた。

「あぁぁぁぁ…………っ！」

膝をがっちりとつかまれ、浮き上がった腰の間に、志岐が顔をよせる。

そして中心を口に含まれた瞬間、ユカリは頭が真っ白になった。

熱い舌がユカリ自身にからみつき、丹念《たんねん》になめ上げる。

「あっ、あっ……あぁぁ……っ！」

もう何がなんだかわからない。

喉の奥でしごかれ、全体をやわらかくなぞられてから、先端を舌と唇で愛撫される。

初めて、だった。

他人にしたのも、されるのも。

腰の下はすでに感覚がなく、溶け落ちていくようだ。

ユカリは泣きながら、ただ必死に両腕で自分の顔を隠す。自分がどんな顔をしているのかもわからなかった。

志岐の指が、今度は二本に増えて再び後ろへもぐりこんでくる。一瞬、鋭い痛みが走ったが、ユカリのそこはすぐに受け入れ、逆にねだるように締めつけていた。

前をたっぷりと口で愛されながら、後ろを指で突き上げられる。

「も……、志岐……っ、もう……っ！」

信じられないくらいの快感に、自分でも何を口走っているのかわからない。

志岐がようやく顔を上げ、涙でぐしゃぐしゃになったユカリの顔を見て、ふっと笑った。

温かい手が頬を撫で、汗と涙に張りついた髪をかき上げてくれる。

ユカリは必死に腕を伸ばして、志岐の肩につかまった。

「……気持ちいいのか？　ユカリ？」

まったくふだんと変わらないからかうような調子で、志岐が聞いてくる。だがユカリの耳には、なかば届いていなかった。

背中からまわりこんだ志岐の指は後ろを刺激し続け、さらにもう片方の手が、さっきまで口にくわえていたモノをそっと握りこんで、手の内でしごく。

志岐の手の中で、ユカリは一気に弾けそうになった。

しかし志岐の指はしっかりと根本を押さえつけている。

「志岐…っ、志岐…！　やだ…っ、もう……もう、いく…っ！　いかせて……っ」

こらえきれずに、ユカリは志岐の肩をなぐりつけた。

それに小さく笑い、さらに追いつめるように志岐の指が中で大きくかきまわされる。

「ああああっ……！」

瞬間、ユカリは身体をのけぞらせた。

「……いきたいのか？」

耳元で、志岐が笑うように尋ねてくる。

ユカリは必死にあえぎをかみ殺しながら、ギッ…と志岐をにらみつけた。

「素直じゃないな」

志岐が鼻で笑い、さらに後ろの指でユカリの弱いところを突きくずしていく。同時に前も、指先で先端を弾かれた。

「ひ…、い……あぁぁ……っ！」

その刺激に、ユカリは志岐の肩に爪を立てたまま息が止まる。もう、狂ってしまいそうだった。

「やれやれ…、まだ本番前だがな……」

信じられないことを小さくつぶやいて、志岐はユカリの身体を抱き直した。

そっと、こめかみあたりに唇を近づけ、耳元にささやいた。

「……おまえからキスしてみろ」

ハッ、とユカリは涙に濡れた目を見開いた。

「そしたら、いかせてやるよ」

そしてなぞるように志岐の唇がユカリの頬をすべり、鼻先をなめ、唇の手前でそっと離れた。

「あ……」

ユカリは浅い息を継ぎながら、ようやく自分の顎を持ち上げた。

「——あぁぁっ！　や……！」

ずるり、と志岐の指が引き抜かれる感触に、ユカリは夢中で腰に力をこめる。

そしてそんなもの欲しげな自分の表情がじっと見つめられているのに、たまらなくなる。

ぼろっ、と涙が落ちた。

志岐がうながすように、軽く顎をふる。

ユカリは必死に首を伸ばし、志岐の唇に自分のを合わせた。

自分の涙で濡れた、熱い唇——。

「ん…っ」

だがすぐに志岐の熱い舌にからめとられた。

むさぼられ、何度も何度も、かみつくように唇が奪われる。

志岐の指がずっ…、と再び深く入ってくる。

「あ…ん…っ！」

声も奪われたまま、ユカリは身体のすべてを志岐にあずけた。

前後をなぶる志岐の手がだんだんと速くなって、追い上げられるようにユカリの中で快感が一点に集まってくる。

「志岐…っ！　やだ…っ、志岐…っ！」

それでもからかうように際で止められて、ユカリはもうプライドも何もなくねだる。

「いかせて……っ、いかせてぇ……っ！」

「いい子だ」

志岐が笑うようにささやいた瞬間――

ズッ…と身体の芯が何かに撃ち抜かれたような衝撃が走った。

「あ…あぁぁぁぁぁぁぁ………っ！」

意識が、飛んでいた。

ものすごい絶頂感――から失墜《しっつい》感への落差。

くずれるようにぐったりと、ユカリはベッドへ伏せてしまった。

自分のつく荒い息づかい。心臓の鼓動が耳に届く。

温かいけだるさが全身を襲い、まるで自分の身体ではないように自分の意志で動かすことができなかった。

落ち着いた様子で、ティッシュで手をぬぐった志岐が、ネコにでもするように指先でユカリの顎を撫でてくる。

「そんなによかったのか？　感じまくってたようだが」

「……るせ……」

その手をかわして身をよじり、枕に顔を隠すようにして、ユカリはうなった。

「前戯《ぜんぎ》でこれじゃ、あとは大変だな」

しかしその志岐の言葉に、ユカリはギョッと目を見張った。

その顔に志岐が小さく笑う。

「なんだ？　おまえだけイッてもしかたないだろう。どっちが客かわかってるのか？」

……確かに、それはその通りなのだが。

だが、この先の本番というと——つまり、そういうことだ。

ごくり、とユカリは唾を飲みこんだ。

自分の口で確かめた志岐の大きさが、なかば恐怖にも似て脳裏《のうり》をよぎる。

指の甲《こう》でユカリの頬を撫でた志岐が、静かな目で見つめてくる。

「俺は強姦《ごうかん》は趣味じゃない。どうしても嫌だ、というんなら、やめてやってもいいが？」

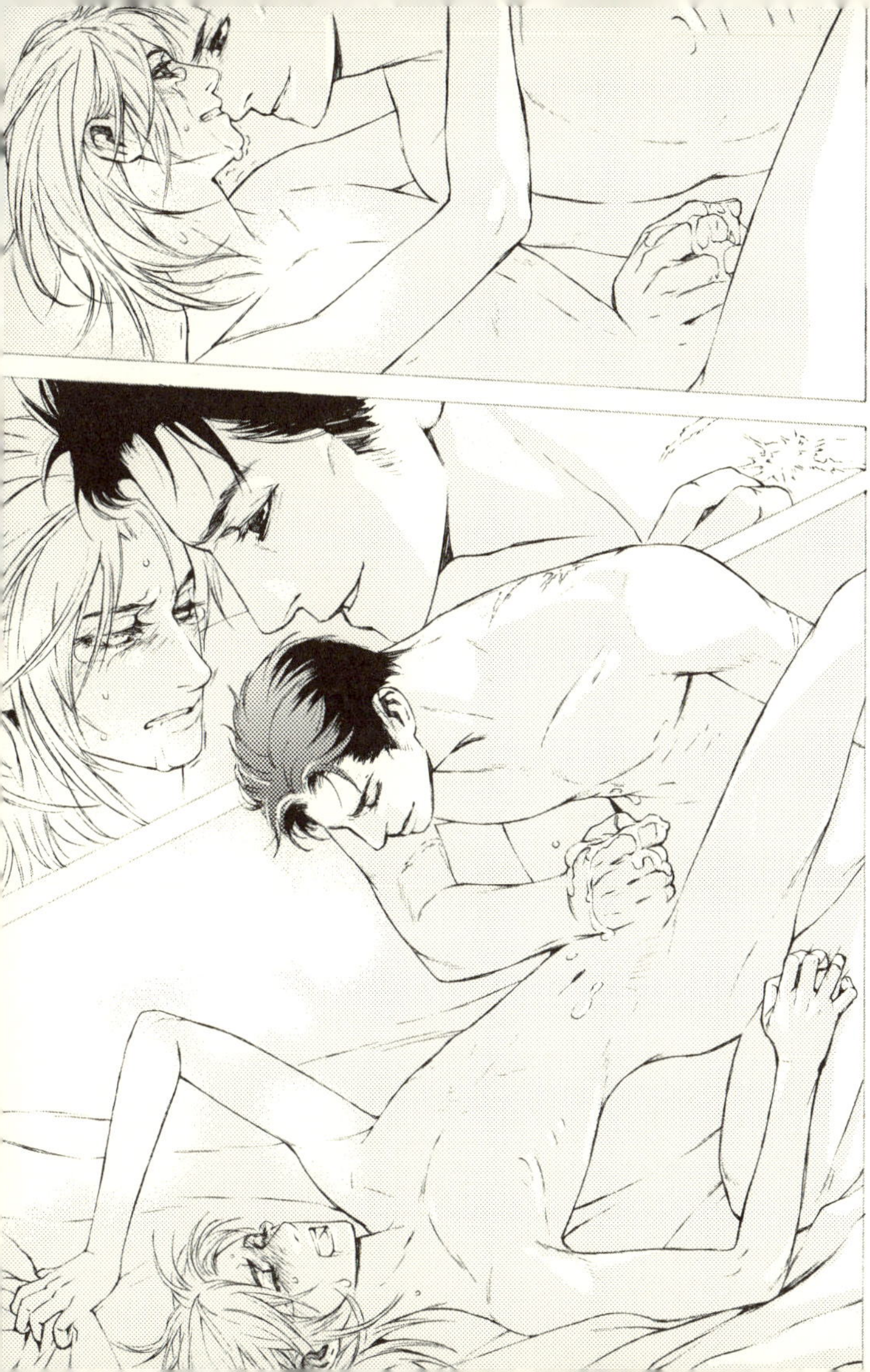

ユカリはきゅっ…と唇をかんだ。

「や…やめられるもんなら……やめてみろよ……っ」

最後の意地、みたいなものだった。

——おまえだってホントは俺が抱きたいくせに…っ、と。

そう思ってでもいなければやってられない。

そのタンカに、志岐の表情がふっと止まった。そしてゆっくりと、どこかあきらめにも似たため息をもらす。

「……そうだな。もう、無理か」

その声に、ユカリは胸の奥が疼《うず》くような、何かじわっと湧き出てくるものを感じた。

こんな言葉は、意外、でもあり——恐くもあり……そしてぽつん、とにじみ出すようなうれしさが、じわじわと面積を広げてくる。

くっ、とベッドが沈み、志岐の大きな身体がユカリにかぶさるように近づいてきた。

力強い腕がユカリを引きよせる。

甘い声が耳元でささやいた。

「四時間、にらめっこしてるよりずっといい。楽しい時間ならあっという間に過ぎるさ」

「……楽しい時間ならな」

悔しまぎれにうめいたユカリに、志岐がすっと目を細めた。

「なるほど。どうやら、スペシャルなコースがお望みらしいな……」

——誰がっっ！

という叫びは、しかし、熱い唇に飲みこまれていた————。

◇

◇

気がついた時、あたりは真っ暗だった。

昼間もカーテンは閉めっぱなしなので、ずっと部屋の照明はつけていたのだが。

身体がずっしりと重い。

何かゼンマイの切れた人形のように、ギクシャクとユカリは身体を動かした。

ズキッ——、と裂けるような痛みが腰から背筋を走り抜ける。

「……っ…、ててて……」

我ながら情けないうめき声を上げて、ユカリは枕につっ伏した。

あれから気を失っていたのか、眠ってしまったのか。

暗闇の中で、チカッ…チカッ…とキャビネットのクリスマスツリーだけが華やかな光を放っている。

頭もぼうっとしたままで、ぼんやりとユカリはそれを見つめた。

その小さな明かりに、志岐のついばむようなキスの感触が背中に……全身によみがえる。

あんな男には似合わない、……優しいキス。

ふわっ、と枕に残る志岐の匂いが鼻をかすめる。体中がその粒子《りゅうし》につつまれていくようで、同時に身体をすべる志岐の指先まで思い出してしまう。

カッ、と身体が熱くなった。

――バカ…っ、何考えてんだよ……っ。

ユカリは必死に自分に言い聞かせた。

仕事、じゃないか……。志岐だって、手近な相手が欲しかっただけだ。

だがこんなハードなのは、割増《わりまし》料金でももらわなきゃ、それこそ割が合わない。

そう。この仕事も、もう終わり、なのだ。

仕事を終えて別れたら、きっともう二度と、会うこともない。

百八十億もの金で志岐は何をするつもりだろう……。あるいは、何もしないのか。

――ヤクザの世界にもどって、目をつけられなきゃいいけどな……。

ふっとそんなことを心配してしまう。

だって、仮にも初めての男、なわけだ。新聞やテレビの手配写真で再会するのだけは、やっぱりイヤな感じだ。
「志岐……か」
ため息とともにぽつり、と唇からかすれたつぶやきがこぼれ……
次の瞬間、バッ！　とユカリは跳ね起きた。
自分のバカさかげんに呆然とする。
枕元のデジタル表示は、十一時二十五分を示していた。
志岐が……いない。
ずっと一緒にいたはずの、志岐の姿が消えていた。
ベッドにはまだ温もりが残っているのに。
全身の血が一気に引いていった。
悲鳴を上げる身体にかまわず、ユカリは急いで服を身につけた。
「志岐――！」
一応バスルームを開け放してみるが、もちろん姿はない。
――逃げた、のか……？
ユカリは脱力しそうになる身体を、ようやく壁にべったりと背中をついて支えた。
「クソ……ッ！」
額から両手で、思いきり前髪をかき上げる。

——ひょっとしてそのために抱いたのか？

監視の目の、隙を作るために。

ユカリは肩から大きな息を吐き出した。

……多分、ほっといても大丈夫なんだろう、あの男は。

そう、思う。

始めからユカリなんか必要じゃなかった。

自分勝手で……ユカリのことなんか、からかって遊べる、手頃なおもちゃくらいのものだったのかもしれない。

十一時三十分。

緑のデジタル時計の表示が切り替わる。

あと、三十分。

それでも、あと三十分、ユカリの仕事は残っている。

——探そう。

ぐっ、とユカリは拳を握った。

探して……一発、なぐってやる。

十二時が過ぎたら。その瞬間に。

依頼人でなくなる、その瞬間に——。

遠くには行っていないはずだ。第一、遠くへ羽を伸ばしに行くほどの残り時間ではない。ちょっと抜け出して、ラウンジにでも早めの祝杯を上げに行っている、というところだろうか。

よし、とユカリはドアを開いた——瞬間、ふっと動きが止まる。

声が——聞こえた。志岐の声だ。

勇《いさ》んで足をふみ出しただけに、ちょっと拍子《ひょうし》抜けした。

聞こえてきたのは志岐と……そして真城の声だった。

——なんで真城がここに……?

ユカリは思わず眉をよせた。

「……あと三十分だ。大丈夫なんだろうな?」

低い、志岐の声。問いただす口調はいつになく真剣だった。

その調子にも、そして内容にも——ユカリは首をひねった。

——そんなに、志岐自身は神経質に心配していたようには見えなかったのに……?

しかもどうして、真城とそんな話を……?

「ああ…、警備の方は問題ない。組関係も手は打った。——それよりおまえ、どういうつもりだ?」

二人の身長は同じくらい。それでも少し、志岐の方が高いだろうか。

真城がきつい目でにらみ上げる。

いつも優雅で優しげな美人タイプの真城だけに、恐ろしい迫力がある。

「……何が？」

わずか間があいたのは、志岐にも心あたりはある、ということだろうか。

「とぼけるな。ツリーにつけた盗聴器、数時間前から切っているだろう？」

語気も鋭く、真城がつめよった。

——盗聴器？

思わずユカリの顔が強張る。

「故障じゃねえのか？」

志岐がふい、と視線をそらせてうそぶく。

「ユカリに何かしたんじゃないだろうな？」

真城の押し殺した声も、しかしユカリの耳には届いていなかった。

心臓が大きく音を立て始める。

——つまり……。

この部屋は、ずっと盗聴されていた、ということだ。いや、ツリーにつけていたということは、もしかすると志岐のマンションにいた時からずっと。

なんのために——、というと、それは保安上の問題でしかありえない。

どんな状況にも、素早く対処できるように。

もし、部屋の中に踏みこまれたら、すぐにバックアップしている人間がカバーできるように。

それはつまり――ユカリの知らされていないところで、真城を始めあと何人か、ガードがついていた、ということだ。

ロー・プロファイル――敵にはガードの存在を隠した形で。

一人で、仕事を任されていたわけではなかった。自分は……相手を油断させるためだけの、囮《おとり》、みたいなものだった……？

――志岐も、始めから知っていたのだ。

だから、あれだけ余裕があった。自分の身の安全を心配してはいなかった。

真城とも……初めから、打ち合わせていて。

ユカリが一人、必死になるのを、ただ、笑っていたのだ――。

今まで一生懸命自分がしてきたことが……必死に守ってきたものが、足下からくずれていくようだった。

確かに今の自分ではとうてい完璧なガードだとは言えないだろう。

でも、こんなやり方――！

ふっと身体から力が抜けた――その拍子にドアに触れ、真夜中の廊下にギッ…ときしんだ音を立てた。

ハッ、と廊下の二人の視線がいっせいにユカリを刺した。

「ユカリ――」

聞かれた、と気づいたのだろう。

乾いた声で、志岐がつぶやく。

唇を震わせてユカリは志岐を見つめ、――そして次の瞬間、身をひるがえして廊下を反対側に駆け出していた。

「ユカリ――！」

――もう、いい。

あと三十分足らず。

最後の一秒まで、ちゃんと自分の仕事をやり遂げたい、と思っていた。でも。

「ユカリ、待てっ！」

いつになくあせった志岐の声が、背中を追いかける。

それにかまわず、ユカリはボタンを押し、開いたエレベータに飛び乗った。ドアが閉まり、志岐の声がフツッ…ととぎれる。

自分などもともと必要なかった。いてもいなくても、同じだった。

――くそっ…！

自分の実力が足りないだけだ。本部の判断は正しいのだろう。わかっている。

それでも悔しくて、ユカリは拳を壁にたたきつけた。

——信頼している。

志岐のそう言ってくれた言葉は、口先だけの、用意されたセリフでしかなかった。

裏切られたような気がした。

ずっと信頼していた真城に。——そして、志岐にも。

無意識に指定していた一階でエレベータが止まり、ユカリは倒れるように外へ出た。

待っていた客が、開いたこのエレベータに向かって近づいてくる。

一人はホテルの制服姿。あとの二人は普通のビジネススーツ。一見、遅い到着客を客室まで案内している——ように見えた。

涙をこらえて、顔を上げられなかったユカリは、その客たちがわずかに驚いたような顔でおたがいに目配《めくば》せしたのに気がつかなかった。

そして、次の瞬間——

「な……——ぐ……っ！」

何気なく両側からすれ違った瞬間、肩越しに口を手でふさがれ、両脇から腕を拘束《こうそく》される。

ユカリはとり囲まれるように、再び箱の中に引きずりこまれた。

あっという間の出来事だった。

ユカリ自身、周囲に気がまわらなかったせいもあるだろう。だが相手もおそろしく手際がいい。手慣れた様子だった。

何が起こったのか、一瞬、判断がつかなかった。

「こりゃ、たまげたな。むこうから飛びこんできてくれるとは」

ガタン…、とエレベータが再び動き始めてから、頭上で楽しげな男の声が響く。

その言葉に、ユカリはあっ、と息を止めた。

――ターゲットを……志岐と間違えてる、のか……?

ようやく、そこまで考えが行きつく。

一瞬、ホッとしたのは、それでも志岐のところへこいつらが行かなくてよかった、と思うからだ。

……ユカリにも、そのくらいのガードとしてのプライドはある。

つまり、連中がこうして自分にかまっている間、志岐は安全だということだった。

真夜中まであと二十分足らず。

あと十数分、かわせればいいのだ。

そう思うとこんな状態でも気は楽になる。

男の指が、頬に痕が残るんじゃないかと思うくらい強く食いこんでいる。

――くそっ。そんな馬鹿力でつかむとせっかくのカワイイ顔がゆがむじゃないかっ!

少しでも気を楽にしようと、そんなふうに内心でユカリはうめいた。

まあ、殺されてしまうのなら痕が残ったところでかまいはしないのだが、しかし人生最後の検死《けんし》写真がブ男に写って記録されるのは、やっぱり嫌だ。

なんとかふりほどこうとしてみるが、がっちりと両腕を封じられて身動き一つとれない。

そうでなくとも体調はかなり不備――なのだ。腰は痛いし、足にも十分、力が入らない。

その状態でさっき全力疾走《しっそう》したので、さらにガクガクするようだった。

エレベータはすぐに止まった。地下駐車場。

「どうする？　ここで殺《や》るか？」

その言葉に、さすがにゾッと心臓が冷える。

「いや、身体は押さえたんだ。あせることはない。人目につかない場所へ移そう」

――自分を殺す相談。

自分の耳で聞けるなんて、かなり貴重な体験ではある。まあ、体験しないですむならそれにこしたことはないのだろうが。

本人の意見も聞いてほしくて、ユカリは思いきって声を出してみたが、やはりモゴモゴというくぐもった音にしかならない。

そのまま引きずられるようにしてエレベータから出され、黒っぽい車の後部座席に押しこまれた。

両脇にスーツの男。前の運転席に制服姿の男が乗りこむ。

そこでようやく口から手が離れて、ユカリは大きくあえぐように息を吸いこんだ。

そして何か言ってやろうと口を開いたが……何を言っていいのかわからない。

定番では、俺をどうするつもりだっ、とか聞くべきだろうか？　しかしこの連中が自分をどうするつもりなのかは、だいたい……いや、完璧に、わかっている。

——ただ。

「あんたら、自分の殺す相手の顔、知ってんの……？」

かすれた声しか出ないのは、やはり、身に迫った恐怖が喉元にまで来ているからだ。

ユカリは自分の気を落ち着かせようと、ゆっくりと唇をなめた。

——落ち着け……。

と、自分に言い聞かせる。

逃げるチャンスは、必ずあるはずだ。

右側の四十前くらいの男が低く笑った。

「あんたにはまさに、天国から地獄、って感じかもな。まあ、死ぬ前にいい夢を見たと思うんだな」

ユカリは小さく息をついた。

やはり、志岐と間違えているのだろう。体格や顔で見間違えるはずはないから、人間自体を勘違いしているわけだ。

あるいは志岐のマンションで、ここに住んでいる男、とだけ、依頼人に説明されたのかもしれない。

——遺産相続人は俺じゃない、と言えば解放してくれるのだろうか？

真剣に考えてみたが、望みは薄そうだった。

ユカリはこの連中の顔を見ている。結局口をふさがれると思って間違いない。

ちらり、とユカリは腕時計に目をやった。

零時十分前——。

車が動き出した。

——志岐……！

ぎゅっと目を閉じ、膝の上で指を握りしめた瞬間、志岐の顔が頭に浮かぶ。

あの男の代わりか…、と思うとなんだか泣けてくるような。なぜか……うれしいような。

もちろん、代わりに死んでやる気なんか、さらさらないけど。

車は地上の出口にさしかかろうとしていた。

——と、それはいきなりやってきた。

フロントガラスのむこう、鼻先を突然、一台の四駆が横切る。

ガン、と前につんのめるような衝撃。

うお、とか、ぐあ、とか表現できないような悲鳴が車内に溢《あふ》れ返る。

ぶつかった、と思った時には、前後に身体が揺さぶられ、後部の真ん中にいたユカリはフロントシートの間に上半身が投げ出されていた。サイドブレーキに胃のあたりを突き上げられて、瞬間、吐き気がせり上がってくる。

「クソ…ッ、どうしたっ⁉」

パニックになったように、後ろの男の一人が運転手を怒鳴りつける。

「あ…あの車がいきなり……っ」

泣きそうになりながら運転手の若い男が言い訳を始めた——が、最後まで続かなかった。

うわぁぁぁっ、という悲鳴。

運転席のドアがいきなり開かれ、外へ引きずり出されたのだ。

ハッと、顔を上げたユカリが窓のむこうに見た顔は。

「志岐——！」

思わず大きく目を見開いた。

「バカっ、来るなっっ！」

ユカリは反射的に叫んでいた。

あと、ほんの数分なのに！　こんなところで巻きこまれて死んだら元も子もないじゃないかっ！

そう思うと腹が立つくらいだった。

「ユカリ！　来いっ」

気づいた志岐が、運転席をのぞきこむ。

ユカリはそのままフロントシートの間から前へ這い出そうとして、しかしすごい力で後ろから足を引っ張られ、そのまま引き倒された。

「離せよ…っ！」

蹴り離そうともがくが、体勢が悪い。

そのまま誘拐犯の一人に首をつかまれ、後部のドアから引きずり出される。と同時に喉元にはナイフの刃先が押しあてられていた。

薄く頬の皮膚《ひふ》を裂いたらしく、ツッ…と血が流れ落ちる感触が首筋を伝う。

「ユカリっ！」

横から真城の声がする。正面には志岐が。

背後にも何人かいるようだった。「エスコート」のガードだろうか。

志岐の足下には運転手をしていた男がうずくまっている。

志岐が前を見すえたまま腕を伸ばして、その男を引き立たせた。そしてよろよろと立ち上がった男の腹に、志岐の肘《ひじ》がものすごいスピードで吸いこまれる。

男の身体が軽々と吹っ飛んできた。

ボキッ…というのか、ゴキッ、というのか。

にぶい、嫌な音がした。それに悲痛な男の悲鳴がかぶる。間違いなくあばらの一、二本は折れているだろう。

男の身体が目の前に飛んできたのに、ユカリを拘束した男の足が一歩、後ずさる。

さすがにユカリも顔色を変えた。

他人事ながら、そこまでしなくても、という気がする。

だがそれも、脅しだったのか。

志岐がゆっくりと近づいてくる。

「来るなっ！」

ユカリの耳元で、男がわめいた。語尾が震えている。

距離は二メートル、ほどだろうか。志岐の足がピタリ、と止まる。

「……そいつから手を離せ」

切れるほどに静かな口調で、志岐が言った。

「俺たちは警察じゃない。このままおとなしく手を引くんなら見逃してやる。いくらで雇《やと》われたのか知らないが、何十年もムショに食らいこむのとどっちがいいんだ？」

「や…、やかましいっ！」

叫んだ男がユカリの喉元でナイフをひらめかせた。

刃先が肌をすべる冷たい感触に、ぞっと鳥肌が立つ。

「どけっ！　こいつをぶっ殺すぞっ！」

男は完全に逆上しているようだった。

ごくり、とユカリは唾を飲みこむ。

と、その時、ユカリはそれに気づいた。

志岐の右手の指。人差し指と中指の間に何か——ボタン、のようなものをはさんでいる。

さっき地面に倒れた男を立たせた時、むしりとったもののようだった。……あるいは、それを怪しまれずにとるためにあえて男を殴ったのか。

ハッ、とユカリは志岐を見た。

いつかの、クラブでのシーンが頭の中を駆け抜ける。

志岐がかすかにうなずいた。

ユカリはこっそりと息を吸いこみ、唇を舌で湿した。

わずか首を曲げるようにして、男に気づかせないように、できるだけ男との間に空間を作る。

そして肩の力を抜き、右肘を浮かせておく。

「おいっ、その車から離れろっ！　アキラッ、運転————ひっ……！」

シュッ…、とほんのかすかな、空気を切り裂く音。

志岐の指が弾いたボタンは、一直線に男の額を打ち抜いた。

耳元でがなる男の声がいきなりとぎれる。

男の刃物を握る腕がわずかにゆるんだ――瞬間、ユカリは右肘で男の腕を跳ね上げた。同時に男の右腕を軸に反転するように身体をまわし、男の腕を右腕でがっちりとはさみこむ。

「な…っ！」

刃物を持つ手を脇の下に完全に封じてから、それをひねり上げるようにして背後にまわりこむと、左肘を男の背中にたたきこみ、同時に膝関節に蹴りを入れた。

真城にたたきこまれ、身体が覚えていた一連の動きだった。

つぶれるような悲鳴。男の手から刃物が離れ、乾いた音を立ててコンクリートに落ちる。

「――ユカリ！」

ほとんど同時に飛びこんできた志岐が、地面に落ちたナイフを遠くへ蹴りやる。

そして太い腕がしっかりとユカリの身体を捕まえた。

「志岐……」

……助かった……のか？

その腕の力にようやく実感する。

安心したと同時に、体中の力が抜けていく。

何も考えられず、ぐったりとユカリは志岐の胸に身体をあずけた。

「……まったく」

言葉もなくしばらくユカリを抱きしめたままだった志岐が、ようやくそうつぶやいて深い息を吐き出した。

「おまえには死ぬ思いをさせられる」

何か、苦笑いのような表情だった。そして目を細めるようにして、ユカリを見つめた。

「よく……落ち着いて動いたな」

そう。自分でも驚くほど、落ち着いていた。もちろん、恐くはあったけど。

——多分、志岐がいたからだ。その安心感。

でもほめられると、ちょっとうれしい。

そして志岐が……追いかけて来てくれたことにも、胸がじわりと熱くなる。

だが本当は喜んでいい状況ではないはずだった。

依頼人をわざわざ危険な状態に巻きこんだ、自分の責任は大きいはずだ。

そして、また志岐に助けられたのか——、という、情けなさ。

ユカリはぐずっと鼻をすすり上げる。

ホントに俺、適性がないんだな…、と思う。

裏切られただなんだと、自分勝手に考えること自体、まだ成長していない証拠なのだろう。

「志岐、俺——」

あやまりかけたユカリの言葉をさえぎるように、ピピッ…、とアラームが鳴り響いた。

志岐の腕時計——だが、それ一つではない。

あたりで数個の時計がいっせいに音を立てたのだ。

——零時。

真城も、他のガードたちも時間を合わせていたのだろう。

「任務完了、だな」

ふぅ…、と志岐が肩で息をついた。

そう。終わった。志岐との契約も。

何かぽっかりと穴のあいたようなさびしさが、身体を浸《ひた》していく。

志岐の手がそっと、ユカリの髪を撫でた。

「ハッピー・バースデー、ユカリ。ようやく成人だな」

……そういえばそうだった。

志岐の期限のことで頭がいっぱいで、ほとんど忘れかけていたが。

「あ、ありがと……」

反射的に返してから、ハッとする。

「どうして志岐が知ってんだ……?」

志岐に、自分の誕生日など教えた覚えはないのに。

第一、ユカリは今日、二十一になったのだ。

成人の年ではない。まあ、確かにアメリカでなら成人だが――。

それには答えず、信じられない言葉を、志岐は続けた。

「おまえが遺産相続人だ、ユカリ」

◇　　◇

真夜中にホテルをチェックアウトしたユカリたちが「エスコート」本社ビルにもどったのは、一時もとっくに過ぎた頃だった。

二十七階のオーナー専用フロアで、榎本がユカリたちの帰りを待っていた。

ユカリと真城、そして志岐を。

それから、でっぷりとした初老の外国人が一人。どこかで見覚えがあるな、と考えていると、榎本に弁護士だと紹介された。

ユカリを確認すると、ではサインを、とペンを渡され、ユカリは混乱してそれぞれの顔を順番に眺めた。

「どういう……ことだよっ、これっ」

わけがわからない。

「君に遺産を残したのは、ラリー・ハーグリーブス氏だ。君が成人したら相続できるように、と」

榎本の口から出た聞き覚えのある名前に、ユカリは大きく目を見開いた。

「じいちゃん……？　遺産…て、じいちゃん、死んだのっ⁉」

反射的に真城をふり返る。

アメリカのバイト先の陽気なじいさん。そこで初めて、真城とも出会った。

渡米してすぐ、十四歳の時にバイトを始めた。帰国するハタチの時まで五年間、ずっと。

ユカリをとても可愛がってくれた。両親が事故死したと知らされた時には、一緒に泣いてくれた。

……これからは自分が家族だと、言ってくれた……。

そうだ。この男はじいさんの顧問《こもん》弁護士だった。何度か屋敷に出入りしていたのを見かけたことがあったのだ。

「いつ……？」

ユカリは愕然《がくぜん》とつぶやいた。

一年前、アメリカを離れる時。今度来る時は、自分もじいちゃんのボディガードができるようにがんばって、真城と一緒に来るから、と。そう言って別れたのに。

「半年前だ。遺言はもう何年も前から作ってあったけどね」

真城が静かに告げる。

「ユカリのことをずっと心配していたよ」

じわり、と涙がにじんでくる。

グランパ、とずっとそう呼んでいた。

じいちゃんが、自分を相続人に……？

その瞬間、ユカリはハッとする。

――では、つまり、ユカリが遺産相続人のガードをしていたのではなく……？

「じゃ……じゃあ、志岐って……!?」

思わず目で志岐を探したが、いつの間にか志岐の姿は部屋から消えていた。

「じゃあ志岐っていったい何なんだよっ？　ただのヤクザってこと!?」

真城がちょっと気まずそうに笑う。

「志岐が組の人間と会っていたのは、依頼されてユカリを狙ってくるのはどうせ組関係の人間だろうとふんだからだ。組の人間は他の組の動きに敏感だからね。依頼を受けた組が特定できれば、相手の動きも読みやすい」

真城の言葉に、ユカリの中のぼんやりとした疑問が次第に確信に変わっていく。

「……志岐って、じゃ……？」

ユカリの背中で、静かに榎本が言った。

「志岐は『エスコート』のトップ・ガードだよ。R《ライト》ナンバー・ワン。——最高クラスの時給がかかる男だ」


エスコート本社ビルの最上階、二十八階は限られたトップ・ガードたちのコモン・スペースになっていた。バーや、カード・ルーム、ビリヤード・ルームなどが設置されている。

ユカリも初めて足を踏み入れる場所だった。

バー・スペースの窓際の大きなソファに、明かりもつけず、志岐が足を伸ばしていた。

そこにいるだろう、と真城が教えてくれたのだ。

その背中に、ユカリはそっと近づいていく。

冴えた月と、遠く地上から立ち上ってくるほのかな明かりが、志岐の横顔にくっきりとした影をつける。

形のいい唇にくわえたタバコからのぼる煙が、ゆるりと空気を揺らしている。

ユカリの気配に志岐がふっとふり向いた。

そしてわずか、眉をよせる。

「……おまえ、この階に勝手に出入りする許可はなかったんじゃないのか？」

そう。ふだんユカリの立ち入ることのできなかった上階にいるトップ・ガードたちと、今までユカリは顔を合わせることはほとんどなかった。そうでなくとも、彼らは世界中を飛びまわっている。

「俺、オーナーだもん」

くふん、と鼻で笑って、ちょっと唇を突き出すようにして、ユカリは言い返した。

ちょっと虚《きょ》をつかれたような顔になって、志岐は、そうだったな…、苦笑するようにため息をついた。

腕を伸ばして、頭上のテーブルにおいてある灰皿でタバコをもみ消す。

ユカリの遺産相続に関する条件を、志岐もあらかじめ聞いていたのだろう。

ユカリが遺産を受ける条件。

それはすべての財産を「エスコート」に委託《いたく》することだった。その代わりユカリは「エスコート」の株式の二十パーセントを譲渡《じょうと》され、オーナーの一人になる。

「エスコート」は自社株を一般公開はしていないが、榎本を始め数人が所有している。真城も、そして志岐も、実は「オーナー」の一人だと、さっき初めて聞いた。

「パス、もらったんだよ。access all area ってヤツ」

これでこのビル内、どんな場所にでもユカリは行き来できるのだ。

「……びっくりしたよ、俺」

ユカリは志岐のすぐ後ろ、背もたれに肘をついてもたれかかった。

「なんか、信じられねー、誕生日プレゼントだった」

「そうだろうな」

志岐がうなずく。

いきなり転がりこんできた百億をこえる遺産。宝くじがあたっても人生が変わるのに、その何百倍もの大金だ。

「この仕事、続けるつもりか？　今のおまえなら、株の配当だけで一生遊んで暮らせるだろう？」

その問いに、ユカリは一瞬、口をつぐんだ。

それからそっと、尋ねてみる。

「志岐は……どう思う？」

少し考えるように間をとってから、志岐は口を開いた。

「今度の俺の仕事の目的は二つ、あった」

「――二つ？」

「一つはおまえのガードをすること。もう一つは……おまえの適性を見ること、だ」

あ、とユカリはようやく気づく。

そうだ。志岐はいつでも……ユカリに、いろんなことを教えてくれていた。わざわざデパートやクラブなどにユカリを連れまわしたのも、そういう実地訓練の一つ、だったのだろう。

「……俺、適性、ない？　客観的に見て、はっきり言ってくれていいよ」

ユカリはごくりと唾を飲みこんで、じっと志岐を見つめた。

おまえには無理だ――、と言われたら。

ドキドキと音を立て始める心臓をかかえて答えを待つユカリに、志岐がふいににやりと笑った。いつもの、人の悪い笑み。

「ま、一人前のガードとしては問題だらけだったな。気は短いし、あっさりと俺の口車に乗るくらい頭は単純だし。基礎体力はない。自己の体調管理もできない。だいたい、単独でガードについているくせに、依頼人と寝るなんてのは、問題外だな」

「そ…っ、そんなこと言ったら、あんただって同じだろっ！」

確かにユカリは依頼人――と信じていた――と、まあそうなった、のだが、それを言えば、志岐の方だって！

志岐は事実上、ユカリのガードについていたのだ。

赤くなって叫んだユカリに、あっさりと志岐は言った。

「俺は単独でおまえについていたわけじゃない」

「……え？」

「今回は五人でチームを組んでいた。俺以外はロー・プロファイル。真城も入っていた。だいたいな…、常識で考えて二十四時間を二週間なんて仕事が一人でできるはずがないだろう？　真城みたいな男がただの連絡係をするためにいるはずもない。その時点でおかしいと気づかない方がどうかしている」

相《あい》も変わらず辛辣《しんらつ》に言われ、ユカリは思わず声を失った。が、考えてみればその通りだ。

「トップ・ガードが二人がかりでつくなんざ、おまえはよっぽどのＶＩＰだったよ」

志岐が小さく笑う。

ぶっ、とユカリは口をふくらませた。

「……んじゃ、依頼人にあんなエロいことさせんのも仕事のうちかよ？」

しかし志岐はにやりと笑った。

「あの手の誘いをうまくかわすのもガードの技術さ。第一、サービスしてやったのは俺の方だろうが？」

「ケツが壊れるかと思ったよっ！」

しゃあしゃあと言う志岐にユカリは思わずわめいて――その自分の言葉に赤くなる。

「あのまま、零時を過ぎるまで寝てるかと思ったんだがな……。ちょっとかげんしてやったのが失敗だった」

いくぶん不満げに舌を打つ志岐に、ヒクリ、とユカリの頬が引きつった。

……あれで手抜きだってか？

ユカリはずいっ、とソファの背に胸を乗り上げて、志岐の顔の前に身を乗り出す。

「……責任、とってくれんの？　俺、バージンだったんだよ？」

ふっ、と志岐が唇だけで笑った。

そしてゆっくりと腕を上げると――

「うわわわわっっ！」

いきなりソファの背越しに頭から引きずり落とされて、ユカリは志岐の身体の上にのしかかるように倒れこんだ。志岐の固い腹筋《ふっきん》が頭にあたって、かなり痛い。

いつかのように、ぬいぐるみをかかえるみたいに膝の上で抱っこされる。

この腕の温もりにほっとする――と同時に、あの日の志岐の言葉が耳によみがえる。

『弟がいた。守ってやれなかったが』

……さっき、ユカリは真城から聞いていた。

志岐とは五つ違いだった弟は、やはり「エスコート」のガードをしていたらしい。志岐と一緒にある外国の政治家のガードをしていた時――爆弾テロに巻きこまれたのだ、と。

ユカリは小さく唇をかんだ。

もしかして……そういうつもりなのか？

「俺…、これ以上、にーさんなんていらないよ？」

思わず、志岐をにらみつけるようにして、ユカリはうめいていた。

兄さんは、真城だけでもう十分だ。

もう一人兄さんなんて——いらない。

志岐が笑みを深くする。目を細めてユカリを見つめ、骨の太い指先が頬から髪を撫で上げた。

「弟を抱く気はないさ」

その言葉に、パチン…、とユカリの中で何かが弾けるようだった。

ぶわっ、と視界が揺らぐ。

自分でも止めようもなく、突然溢れてきた涙を隠すように、ユカリは志岐の肩にしがみついた。

大きな腕が背中をすっぽりと抱きしめてくれる。

耳元で静かに、志岐が続けた。

「おまえも言ったように、ガードは契約中は依頼人のことだけをずっと見ているし、依頼人のことを常に優先して考える。だから仕事中は、おまえのことを一番には考えてやれない」

そっと顔を上げたユカリは、瞬きもせずに、じっと志岐を見つめた。

――それは……つまり……？

胸が苦しくなる。

「……だから、仕事以外の俺の時間をすべて、おまえにやるよ」

その言葉に、ユカリは大きく目を見開いた。

「それでいいか？」

尋ねられ……ユカリはうなずく代わりに、夢中で志岐の首に抱きついた。

頬に頬を合わせ、たどたどしく肌をたどるようにして……唇に行き着く。

「ん…っ…」

ユカリが近づくのをただ静かに待っていた志岐の唇が、その瞬間、反撃してきた。

背中から強く身体が引きよせられ、口の中まで攻めこまれて、強引に舌をからめとられる。

おたがいに探り合う、舌先の濡れた、熱い感触に夢中になる。

ゾクゾクと肌がざわめく。息が、止まりそうだった。

志岐の唇がようやく離れ、代わりに指先が頬から首筋へとすべり落ちてくる。親指が唇の端からこぼれた唾液をぬぐってくれる。

まっすぐに志岐の目を見て、ユカリは言った。

「……俺、ガード、続けていい？　続けたいんだ」

一人前になるまでにはまだまだだろうけど。

「おまえに仕事を任せるのは当分は無理だな」

しかしあっさりと言われて、ユカリは肩を落とす。

「だが、俺の目の届くところでならいいだろう」

志岐の指がユカリの顎をとって、前を向かせた。

「こんなに簡単に依頼人の手に落ちるガードを、一人では派遣できないからな」

──そんな、ゴキブリみたいにホイホイと誰にでも引っかかってるわけじゃないのにっ。

「命を狙われるような依頼人は、だいたいが一筋縄《ひとすじなわ》ではいかない連中が多いんだ」

「……あんたは特別だろ」

むぅ、とユカリはふくれた。

志岐が小さく笑う。

「教えてやるよ、ガードの基本を。一からじっくりとな」

その言葉に、うん…、とうなずいて、ユカリは額を志岐の肩にこすりつけた。

手の中いっぱいに、志岐を抱きしめる。その温もりを確かめるように。

ユカリの身体をすくい上げるようにして、志岐が抱き返してきた。

「プライベートではおまえだけのガードだ」

そっとささやいた志岐の声が、身体の奥に沁みこんでくる。

「全部俺が教えてやる。一つ一つ……順番にな」

額に、鼻先に――そして唇に、熱いキスが落ちてくる。
――そしてそのガードを破ってくるのも……志岐だけ、だった。

二十一歳の誕生日に。
遺産よりもケーキよりもうれしいプレゼントを、ユカリは手にしたのだ――。

end.

イブ

「んん…っ！」

後ろに入った志岐《しき》の二本の指がユカリの中を大きくかきまわし、その瞬間、ユカリはビクン…、と身体を跳《は》ね上げた。

「あっ…、ん……」

何か得体《えたい》の知れない甘い痺《しび》れが腰から背筋を走り抜けていく。

「ココがいいのか？」

耳元でとろりとささやかれる声に、ゾクリ、と肌が震える。

「や…っ、だ……！」

ほとんど反射的に、口走るようにこぼれた言葉に、志岐が低く笑った。

「嫌なのか？」

とぼけたように聞きながら、志岐のもう片方の手がユカリの前をするりと撫《な》で上げる。教えられるまでもなくそれはすでに固く形を変え、先端《せんたん》からは透明な蜜《みつ》をこぼし始めていた。

「こっちはそうは言ってないようだがな」

意地悪く言われて、ユカリはギッと涙目で男をにらみ上げる。

「この…っ……エロ…オヤジ……っ！」

食いしばった歯の間から悔《くや》しまぎれに吐き出した瞬間、ユカリの奥を乱す指がくいっくいっ、と狙ったようにそのポイントを立て続けに突き上げた。

「――いっ…、あぁぁぁぁっ……！」

ユカリの腰は志岐の指をものすごい力で締めつけ、しかし志岐の指先はさらにくすぐるように小刻《こきざ》みに中でうごめく。

あられもない声を上げながら、ユカリはしがみついていた志岐の肩にさらに深く爪を立てた。

体中の細胞がパニックを起こして暴れまわっているようだった。じんじんと身体の芯《しん》が疼《うず》いて、どうにかしてほしくてたまらなくなる。

「もっ…、し…き…ぃ…っ」

情けない声がこぼれ落ちる。

「どうした？」

それに志岐はのんびりと答えながら、膝《ひざ》の上にすわらせるようにユカリを抱いたまま、ゆっくりと抜き差しをくり返した。

前と、後ろと。決して強く力は入れてくれず、それがじれったくて、もの足りなくて、ユカリは自分からこすりつけるように腰を揺らしてしまう。

「はや…く……っ」

「早く、なんだ？」

しかしわかっているくせに、志岐はわざといやらしく尋《たず》ねてくる。

「意地悪……すんな…よ…ぉ……っ」

じくじくと疼く腰をこらえて、ユカリはほとんど涙声でうめいた。

腰のあたりにあたる志岐の固い感触が生々《なまなま》しく、どうしても意識してしまう。熱い息を吐き出して、ユカリは無意識に唇をなめていた。

「あ…っ、やだ……っ」

悲鳴のようなユカリの声にかまわず、志岐がくすくすと笑いながら、するりと後ろから指を引き抜いた。背筋をたどったその指が、ユカリのうなじのあたりをそっと撫で上げる。

いつもゴムでひとまとめにしているユカリの襟足《えりあし》の髪も、激しい動きに今はほとんどばらけて汗に濡れ、首筋に張りついていた。

「ほら…、キスしてみろ」

軽く頬《ほお》をこすり合わせるようにして、志岐がうながす。何が楽しいのか、志岐はよくユカリからキスをさせたがる。

くそっ…、とユカリは小さくののしりながら、それでも志岐の肩に手をおいてわずかに背中を伸ばした。

じっと見つめられる視線に、自然と顔が赤らむ。

うながすように薄く開いた形のいい志岐の唇は、どこかぞくりとするような男の色気がある。それを間近《まぢか》に見るだけで頬が熱くなって、頭の中は沸騰《ふっとう》しそうだった。

志岐からしてくれればいいのに…っ、とユカリは内心でうめいた。

ヘタクソだって、言うくせに――――。

ほら…、と軽く顎をふり、腰を揺するように動かされて、ユカリはぎくしゃくと志岐の顔に唇をよせる。

乾いた唇がそっと触れ合い、だけどそれ以上どうすることもできないユカリに、志岐が舌を伸ばしてユカリの唇をなぞってくる。

「ん…っ」

一瞬逃げようとした身体が背中から引きよせられ、巧《たく》みに口の中へ入りこんできた志岐の舌はあっという間にユカリの舌をからめとった。

軽く吸い上げられるたび、甘い陶酔《とうすい》が広がってくる。口当たりのいいカクテルでも飲まされたみたいに、頭の中が酔わされていく。

軽く顎《あご》をとらえられて、何度も何度も、角度を変えて与えられる。

「は…、あ……」

息が苦しくなって、ユカリは大きく胸をあえがせた。

志岐の両手が尻《しり》にかかり、わずかにユカリの身体を持ち上げる。

「あ…っ」

そしてその切れこんだ奥を指先でなぞられた瞬間、ユカリは思わず背筋を反《そ》り返らせた。さっきまで身体の中で味わっていた指の感触を思い出すように、いっせいにその部分がざわめき始める。入り口をなぞられるだけで、早く早く…っ、とせかすように襞《ひだ》がうごめいてしまう。

「し…き…ぃ……」

どうしようもなく、ねだるような声がこぼれ落ちる。

「欲しいのか？」

意地悪く尋ねられ、ユカリは返事の代わりに額《ひたい》をぐりぐりと志岐の首筋に押しあてた。吐息だけで志岐が笑い、指先にわずかに力を入れてその部分を押し広げる。

「あ…」

固い感触が入り口に触れた瞬間、ユカリは小さく息を飲む。

そして次の瞬間、ぐっ、と焼けるような熱が身体の奥を貫《つらぬ》いた。

「は…、あぁぁぁ――――……！」

無意識に声がほとばしる。鋭い痛みが全身を走っていく。

志岐の強い腕が、引きよせるようにユカリの背中を抱きしめた。

わずかに身を縮めたユカリの前を、志岐の手がそっと撫で上げる。衝撃に力を失っていたそれは、志岐の手の中で次第に固く張りつめていった。

「う…、ん…っ」

巧みに動く指先が筋にそって這《は》い、くびれをなぞってから全体をこすり始める。指の腹に丸く先端をもまれ、甘く溶けるような熱がわだかまる。

「あ…ん…っ、あぁ…あぁ……!」

ユカリは志岐の首にしがみついたまま、ぎゅっと目を閉じた。

後ろに入った大きさにようやく身体が馴染《なじ》んでくる。身体の中にその熱をリアルに感じ、生き物のように脈打つ鼓動《こどう》が肌に沁《し》みこんでくる。

「ユカリ」

かすれた、熱い声――。

志岐が汗ばんだユカリの額にキスを落とし、頬をすりよせた。なだめるように背中を優しく撫で上げる。

その温《ぬく》もりに身体をゆだねて、しかしそれ以上動いてくれない志岐に、次第にユカリはもぞもぞと腰を動かし始めていた。

押しつけるように、まわすように。そして無意識のうちにその動きが速くなる。

「は…っ、あ…、あぁ……っ」

いつの間にかユカリは自分で身体を上下させ、全身で志岐の男をむさぼっていた。

両腕でユカリの腰を支えたまま、志岐が目を細めてじっとそんなユカリの姿を見つめている。

「あ……」

ようやくそれに気づいて、ユカリはカァッ…と頬に朱をのぼらせた。

しかし身体はすでに自分の意志では止めようもなく、貪欲《どんよく》に快感を求めて男を深くくわえこんでしまう。

恥ずかしくて、悔しくて。

今まで女の子と寝ても、こんなに乱れたことはなかったのに。冷めていた、というわけではなかったけど、それでももうちょっと余裕《よゆう》があったはずなのに。

「あ…ん…っ、あっ……あっ……」

激しく身をよじるのに合わせて、すでに蜜を滴《したた》らせているユカリの前が志岐の固い腹筋にあたってこすり上げられる。身体の奥をえぐる痛みと合わさって、そのじくじくとした感触がさらにユカリを追い立てていく。

だけど、それでも決定的な刺激にはならなくて。

「志岐…っ、志岐……っ！」

じれて、どうしようもなくて、ユカリは志岐の首にしがみついたまま、もっと強い刺激をねだってしまう。

クッ…と志岐が喉《のど》で笑った。

「途中で音《ね》を上げるなよ」

低い声が耳元でささやく。

と、次の瞬間、その部分でつながったままユカリの身体は軽々と持ち上げられ、背中から落ちるようにシーツへ組み伏せられた。

「あ…っ、あぁぁぁ――――……！」

いきなり大きく動いた志岐に身体の奥が深くえぐられ、ユカリはたまらず悲鳴を上げた。

志岐の腕がユカリの足を抱え上げ、そのまま激しく突き入れられる。

「あっ、あっ、あっ、あっ、……あぁぁぁ……っ！」

頭の中がかきまわされる。足の先まで、骨の奥まで痺れてくるようだった。

志岐の腰がタイミングを計るように強弱をつけ、何度もユカリの中を攻め立てる。

「ん…っ、も……いく……いく……っ！」

限界だった。

無意識にシーツを引きつかみ、ぎゅっと目を閉じて、ユカリは押しよせてくる熱い波に身をゆだねた……。


クリスマスの夜。

恋人、になってまだ二日。

湯気が立っていそうな、できたてホヤホヤの二人だった――。


ふはぁ…、とユカリは大きな息を吐き出した。

クリスマス明けの真冬の朝に、ぬくぬくと温まった布団《ふとん》が心地よい。ほどよい疲れが体中に満ちている。

志岐の太い腕を枕代わりにしていたユカリは、自分を軽々と抱える志岐の身体を眺めて、いいなー…、とぼんやり思う。

がっしりと無駄《むだ》なく引きしまった体軀《たいく》。あちこちに残る傷痕《きずあと》も、痛々しい、というよりはどこか男の色気を感じさせる。骨っぽい自分の身体とは、力強さがぜんぜん違う。

――俺もこんなになれるのかなー…。

頭の中で想像してみるが、ちょっと無理っぽい。

なかなか筋肉のつかない身体に、プロテインでも飲んでみるか、という気にもなってくるが、真城《ましろ》からそういうことはやめなさい、と言われていた。

ユカリはユカリの敏捷性《びんしょうせい》をいかしたガードをすればいいんだよ、と。

まあ確かに、あんまりユカリがムキムキになってしまうと、ベッドの上は肉弾戦だ。志岐としてはうれしくないのかもしれない。

ユカリはベッドの中でまどろみながら、何気なくあたりに視線を漂《ただよ》わせる。

馴染みのない天井や壁紙。しゃれたサイドテーブルとイスがあるだけのシンプルな内装だ。ユカリの部屋よりはかなり広い。

イブの夜にできたての恋人の部屋に、ユカリは初めてお泊まりしていた。

志岐の部屋は「エスコート」本社ビルの二十五階にある。

ユカリの部屋はもっと下の二十二階。

二十一階と二十二階の2LDKに一般のガードたちの部屋が割り当てられていた。さすがに既婚者は外に家を構えているようだが。

二十四階と二十五階がトップ・ガードたちの居住区《きょじゅうく》になっていて、今までユカリはこんな高層階に立ち入る許可がなかった。

さすがに広さも倍くらいはあるし、窓からの眺めも三階分いいような気がする。

まあ多分、「オーナー」の一人になった今のユカリならば、望めば部屋を替えてもらうこともできるのかもしれない。が、どうせ一人だから別段不自由もない。

「エスコート」のビルは、十七階から上がガード部とそれに付属する調査部の専用フロアになっている。住居の他にプールやトレーニング・ルーム、メディカル・ルームなども完備されていた。

そこから下は、十階までが一般のテナントで、その上から十六階までがガード部以外の人材派遣のセクションだ。

二十六階がゲスト・フロア、そして二十七階が筆頭のオーナーである榎本《えのもと》のプライベート・フロアだった。ワンフロアぶち抜きでオフィスとプライベートと、両方の部屋を構えている。あとは秘書室や資料室、データ保管室などもこの階にあるらしい。

そして最上階の二十八階が、トップ・ガードたち専用のコモン・スペースになっていた。バーやカード・ルーム、ビリヤード・ルーム、ミニ・シアターなどのリラックスできる空間と、あとはブリーフィング・ルームがある。

……と、そんな上層階の概要《がいよう》も、ユカリは昨日初めて知ったばかりだったが。

百何十億という遺産を相続したらしいユカリは、しかしだからといって生活の何が変わるわけではない。目の前に札束を積み上げてでもくれないと実感も湧かない。

結局、それは榎本が管理することになるわけだし、まあ小遣《こづか》いは増えるのだろうが、もともと物欲などもほとんどなかった。暮らすところと、食べ物があればとりあえず十分だし、今までささやかに「給料」としてもらっていた分でも、あまっているくらいだ。

だけど、こうやって今まで行けなかった場所に出入りできるようになったのは素直にうれしい。

トップ・ガードたちの中に混じるということは、未熟な自分をより意識してしまうことでもあるけど、それだけに、俺もやるぞっ、という気持ちにもなる。近くにいることで吸収できることも多いはずだった。

……まあ、それに。

やっぱり志岐と一緒にいられるのはうれしいし。

今まで仕事が重なったことはなかったけど、これからは志岐の仕事にも参加させてもらえるかもしれない。

ユカリは自分が人質にとられた時のことを思い出す。

あの緊張感――。

だけど、不安はなかった。

どんな時にもパニックにならないように、落ち着いて必要な行動ができるようになりたい。何より、ガード対象者に落ち着いていてもらえるように。

これから、なのだ。

自分はまだまだこれから。

志岐が一から、全部教えてくれる、と言ったのだから。

ベッドに横になっていても夜景が眺められる大きな窓からは、ブラインド越しに白い光が射《さ》しこみ始めている。そろそろ夜明け、というところだ。

ついさっきまで、……その、ナニをしていたわけで、――ユカリ的にはさんざんいじめられたような気もするが――睡眠はほとんどとっていない。だが、気分はよかった。そうでなくとも、ユカリは寝起きはいい方だ。

もぞもぞと布団から這い出して上体を起こすと、わずかに肌寒い室温がかえって心地よい。

うーんっ、とユカリは大きく伸びをした。

「あーっ、すっきりしたぁ……っ」

胸いっぱいに新鮮な朝の空気を吸いこんで、そう口にしたとたん、スコン、と背後から頭がぶったたかれた。

「――ってぇ…。なんだよ、いきなりっ」

ぶたれた頭を両手で押さえながらバッとふり返って、ユカリはかみついた。

まだまだ蜜月も蜜月、二日目の朝にいきなりベッドの中で恋人の頭をぶったたくとはどういう了見《りょうけん》だ、と思う。

「おまえな…」

ベッドの上に片肘《ひじ》をついて枕にしながら、志岐の方も憮然《ぶぜん》とユカリを見上げていた。

「すっきりした、っていうのはなんだ、すっきりしたってのは。神聖な愛の営《いとな》みをスポーツみたいに言うな」

「だって」

ぶーっ、とユカリは口をふくらませた。

「しょうがないじゃん…、そう思ったんだからさ……」

そんなことを言われても、それが素直な感情なのだ。

だいたいあんなにじらされたら、やっとイケた——、という解放感の方が大きくたって無理はない、と思う。

そりゃあ…、その、よくなかったわけじゃないけど。

「んだよ…、志岐は『あなたって最高。とってもよかったわ』とか言ってやらなきゃ満足できないわけっ？」

「ものには言いようがあるだろ、ってことだ。マナーの問題だ」

口をとがらせて言ったユカリに、むっつりと志岐が返してきた。

「おまえ、客とベッドインした時もそんなことを言うつもりか？」

さらりと言われたその言葉に、ピクッ、とユカリのこめかみのあたりがひくつく。

「なんだよ、それっ⁉　俺は客と寝たりしないよっ」

——ちゃんと恋人が、いるのに。

「そりゃ、志岐はそういうのに慣れてるのかもしれないけどさっ」

真城から聞いたことはある。

「エスコート」のガードたちは、別にホストではない。ベッドの相手までその仕事内容に入っているわけではないが、そのあたりは当人同士の合意、ということだ。

実際問題、誘いは多い——、と真城はそこまで口にはしなかったが、言葉を濁《にご》したところからユカリにもそれは察することができた。

そりゃあ志岐とか真城とか、ただ立っていてさえいい男で、その上、自分の命まで守ってもらったとなれば、女性ならコロッといっても不思議はない。いや、女性じゃなくたって、だ。

そんな差し迫った危機がなくても、上流のご婦人方のガードこみでの「お相手《コンパニオン》」は暗黙《あんもく》の了解《りょうかい》だ、という話もある。

志岐だって多分……きっと、そういう経験は多いのだろう。誘われることだって、相手をすることだって、日常茶飯事《さはんじ》なのかもしれない。

ユカリと出会う前のことなんだからしょうがない、とは思う。

思うけど——。

「なんだよ…、志岐は俺が客と寝てもいいっての？」

ユカリはもやもやとしたものを胸の中に感じながら、ぎっ、とにらみつけるようにして尋ねた。

——それはつまり。

逆に言えば、志岐だってこれからも客と寝ることがあるかもしれない、ということだ。

まさか、ユカリと客とのことは別だと考えているんだろうか？　顧客《こきゃく》サービスに客と寝るのはあたりまえだ――、と。

「そんなことは言ってないだろう」

ため息をつくように志岐が言った。どこか居心地悪そうに。そしてゆっくりと身体を起こして、カリカリと頭をかいた。

「そういうマナーはガード対象者と普通に接していても出るものだ。言っただろ？『エスコート』のガードはただ対象者の命を守ればいいというものじゃない。相手をいかに居心地よく、リラックスさせておけるかというのが重要だ。相手のステイタスに合わせて、こっちもそれなりの気をつかわなきゃいけない」

正論でこられて、むぅっ…、とユカリは唇をかんだ。

「だって志岐は別に俺の依頼人じゃないだろ……」

ようやくそう言い返す。

今はもう――というか、初めから、というべきか――志岐をガードしているわけじゃない。

プライベートの恋人にまで、そんなに気をつかってられるかっ、と思うのだ。

それとも、恋人、じゃないんだろうか？ ユカリが勝手にそう思っているだけで？

そう思うと、ぎゅっと手の中でつかまれたように胸が苦しくなる。

「可愛《かわい》くないぞ、って言ってるんだ」

いくぶんあきれたように志岐がうめく。

しかしその言葉に、さらにユカリはムカッとした。

「可愛くなくたってしかたないだろ！　俺はこういう性格なのっっ！」

そうわめくと、ユカリはその勢いのままベッドから飛び出した。

「帰るっっ」

と、一声そう叫んで、ドシドシと寝室のドアの方に歩き出したユカリに、背中から志岐が声をかけてくる。

「ユカリ」

「んだよっ⁉」

少しはあやまる気があるのか、と思いつつふり返ったユカリの顔面に、いきなりバサッと何かが飛んできた。

――ん？

と、それをつまみ上げてみると。

「せめて下くらいはいてけ」

ユカリのパンツだった。……ゆうべ志岐に脱がされた。

ユカリは真っ裸のまま、飛び出していたのだ。

カーッ、と耳まで、頭のてっぺんまで一気に血がのぼる。

ベッドの上で志岐がクッと鼻を鳴らすようにして笑う。

言い返す言葉もなく、ユカリはそれをひっつかんでものすごい勢いでドアを開けると、たたきつけるように閉めた。

暖房の効いていないリビングが少し肌寒い。

なんだか情けなくて、腹が立って。

ユカリはパンツをはいて、リビングに残してあったジーンズにトレーナーをひっかぶると、とぼとぼと部屋を出た。

——志岐のバカ……っ！

内心でうめいて、ユカリはぐすっと鼻をすすり上げた。

◇　　◇

ふてくされたようにソファに転がっている志岐の前に、榎本の秘書をしている律《りつ》がどうぞ、とコーヒーを出してくれる。

まだ十九歳だが、いろいろとよく気がつくおっとりとした子だ。ユカリの方が少し年上になるのだが、ユカリよりもずっと落ち着いて見える。

二十七階にある、榎本のオフィスである。

オフィスに入っていた志岐は、ユカリがへそを曲げて部屋に帰ったあと、暇《ひま》を持て余してこのオフィスまで遊びに……というか、クダを巻きに来ていた。

実は来る前にユカリの部屋にもよったのだが、ユカリは完全に居留守《いるす》を使っていた。まあ、もしかしたらふて寝でもしていたのかもしれないが。……昨夜はほとんど寝ていなかったし。

部屋の主は腕を組んで大きなガラス張りの窓からじっと外を眺めている。

クリスマスに期待していた雪が、今頃《いまごろ》になってちらちらと舞い落ちていた。林立《りんりつ》したビル群が、さながら綿《わた》をかぶったモミの木のようだ。

その背中に、お茶です、と声をかけ、律も窓の外の冬景色に小さく息を吐いた。

「いい眺めですね」

トレイに緑茶の入った湯飲みを持ったまま、律がふわりと笑った。

「オーナーはもう見飽《みあ》きたかもしれませんけど」

「いやいや…、いつ見ても眼下にビルを眺められるのはいい気分だよ」

ふり返った榎本が、ありがとう、とそのトレイから湯飲みを手にとった。

「世界征服をたくらみたくなるな」

一口すすってそう言った榎本に、くすくすと律が笑う。

「ショッカーみたいですね」

「そうだな。まあ、地道に幼稚園のバスジャックから始めてみるか」

ふっふっふ、と愉快《ゆかい》そうに榎本が笑っていると、ちょうど真城が姿を見せる。

「何を不気味に含み笑いしているんだ？」

わずかに眉をよせて、真城が榎本の横顔をマジマジと眺める。

「世界征服をするんだそうです」

おもしろそうに答えた律に、にこりともせずに真城が言った。

「やめろ。似合いすぎだ」

「失礼な」

榎本が憮然とうめく。

お茶を入れます、と喉で笑いながら律がいったん部屋を出た。

それと入れ替わるように奥へ入ってきた真城が、コーヒーを飲むのにようやくソファに身を起こした志岐に気づいて、おや、と目をとめる。そしてそのむかいの一人掛けのソファの方に、優雅に腰をおろした。

やはりクリスマス明けはオフなのか、いつものスーツ姿ではなく、シンプルなセーターをざっくりと着たラフな格好だった。

「こんな朝早くからめずらしいじゃないか」

どこか仏頂面《ぶっちょうづら》の志岐に、真城がゆったりと微笑《ほほえ》む。

「おまえこそ」

いくぶんつっけんどんに返した志岐に、真城は肩をすくめた。

「呼ばれたからな。……ユカリはどうした？」

真城としては当然の流れなのだろうその問いに、志岐は思わず顔をしかめた。

あえて吹聴《ふいちょう》したわけではないが、志岐とユカリとのことは真城にも、そして榎本にもわかっているはずだ。

ユカリを弟のように思っている真城にとっては、とりわけ気になるのだろう。

志岐と真城と、そして榎本の三人は中学校からの同級生だった。真城と榎本とは、それよりもっと前、幼稚園くらいから一緒だったようだが。

引っ越しで真城たちの校区へ入った志岐は、近くの空手《からて》道場で真城と会った。当時から繊細ですっきりとした容姿《ようし》の真城は、腕白坊主《わんぱくぼうず》たちの中ではやはりひときわ目立っていた。だが一見優しげな雰囲気とは逆に真城はかなり勝ち気な性格で、空手の技術もなかなかのものだった。

志岐の父親は戦場カメラマンでほとんど家にはいなかったが、自分の身は自分で守れ、という方針で、志岐も小さい頃から空手を習っていた。同じ中学に入学したこともあり、幼稚園から親友だった二人に、あとから志岐が仲間に入れてもらった、という形になる。

こうして二十年近くたった今でもつるんでいる、というのはよほど何かの波長が合ったのだろうが、それがいったい何なのか、志岐にもわからない。

ただ榎本がこの会社を興《おこ》した時、志岐や真城のことが念頭《ねんとう》にあったのは確かだろう。

真城は大学へ進学したあと警視庁へ入り、警備部警護課に所属していた。いわゆるSPだ。

志岐は高校を卒業後日本を出て、世界中をあちこちと渡り歩いた。海外での従軍経験もある。

もちろん、「ボディガード」などよりもっと扱いやすい職種はあったはずだが、榎本は性格的にその困難さを楽しんでいたようだった。まるでパズルをとくのと同じように。

榎本が二十五歳でこの仕事を始めた当初、「エスコート」は総合的な人材派遣ではなくボディガードのセクションだけだった。志岐が実際の仕事を、そして榎本がそのマネージメントをするという形で、二人で始めたのだ。

個人的なボディガードなどというのは日本では馴染まないのではないかと思ったが、榎本の手腕《しゅわん》はたいしたものだった。

当初は日本ではなく、海外での仕事の方が多かった。榎本はこの会社を興すために、長年人脈を作っていたらしい。

緻密《ちみつ》で計算高い。だが、志岐にとっては信頼できるパートナーだ。

そこそこ大きな人材派遣会社に成長した今でも、榎本が直接マネージメントしているのはこのボディガードのセクションだけだったが、その人事権を榎本が掌握《しょうあく》しているためか、どうもクセのある連中が多い。

ユカリが入ってきたのはちょうど一年前のことだが、これはアメリカの仕事先で出会った真城が間に立った形になる。

なので、両親を事故で亡くして天涯孤独《てんがいこどく》の身になったというユカリの、真城は名実ともに保護者なのだ。

ある意味、志岐にとっては舅《しゅうと》、みたいなもので――、もっともそれはあまり想像したくない図だったが。

志岐はソファにどっかりともたれて足を組み、コーヒーカップを片手にむっつりと長年の友人を眺めた。

「どうした、不機嫌なツラをして？　今朝はユカリと一緒じゃなかったのか？」

真城が首をかしげて尋ねてくる。

なにしろできたてのホヤホヤだ。クリスマス明けだ。恋人同士なら、まだ甘い時間をむさぼっていてもいい時間だった。

真城にもそんな想像はできるのだろう。

それに、ふん…、と志岐は鼻を鳴らした。

「あのガキには情緒ってもんがないらしいな」

真城が意味をとり損《そこ》ねたらしく、軽く瞬《まばた》きする。

「まあ…、ユカリは半分アメリカで育ったからね。いろいろと日本の感覚に合わないこともあるだろうが……。どうした、ケンカでもしたのか？」

「そういう問題じゃない」

憮然と志岐は返した。

「あいつ、今朝《けさ》、コトが終わったあと、なんて言ったと思う？」

「こと？」

本当にわかっていなかったのかどうなのか、怪訝《けげん》な顔で聞き返してきた真城に、志岐は顔色も変えず、一言で答えた。

「セックス」

ああ…、と真城が、いくぶん視線を漂わせてつぶやく。

舅、あるいは兄の身としては、可愛い弟の初夜——でもないはずだが——に、やはり複雑な思いがあるのか。

指先がどことなく落ち着かないように、前髪をかき上げる。

「なんだって？」

そして平静をよそおったように尋ねてきた。

「すっきりした、とか言いやがったんだぞ？　まったく言うにこと欠いて。他に感想はないのか」

一瞬、真城が絶句する。

「……そりゃまあ、すっきりもするだろうが」

そして、咳払《せきばら》いするように口元に手をやってから淡々《たんたん》と返してきた。

くっくっくっ、と横で榎本が笑う。

「すっきり、ねぇ…。まあ、褒《ほ》め言葉じゃないか」

「そんなことを言われたのは初めてだぞ、俺は」

お気楽に笑った榎本に、志岐はむっつりとうめく。

榎本が湯飲みを手にしたまま、ソファの方ではなく自分のデスクのイスに腰をおろした。背もたれの高い、革張りの大きなイスだ。なんでもこだわりのイタリア製らしい。

「ユカリのせいにしてどうする。それはおまえのテクニックの問題だろう」

にやにやと言われて、志岐はチッ、と短く舌を打つ。

「なんだ、あんなお子サマ一人を楽しませてやれなかったのか？　百戦錬磨《れんま》のおまえが？　ベッドではケダモノねっ、とか人妻に人気のおまえが？　二十一世紀のカサノヴァかドンファンかと謳《うた》われているおまえが？」

「やかましい」

声色《こわいろ》を使い分けてちゃかしてくる榎本を物騒《ぶっそう》な目でにらみ上げ、志岐は低く脅《おど》すようにうなった。

誰もそんなことは言われてない――はずだ。少なくとも、志岐自身は聞いたことはない。

と、そこへ律が真城の紅茶を運んできて、そして帰り際には隣の秘書室との間のドアを閉めていく。

ふだんは開けっ放しなのだが、この三人はいわばエスコートのトップ3《スリー》だ。内輪《うちわ》の話だと思ったのか。……まあ確かに、それほど聞かれたい話でもなかったが。

さらに不機嫌になった志岐は、ほとんど他人のふりをしてあさっての方を向いている真城をぎろっとにらんだ。

「だいたいおまえの教育が悪い」

ほとんど八つあたり的なその非難に、真城が微妙《びみょう》に眉を上げてみせた。そしてつらっとした顔で答える。

「俺にユカリをベッドの中でまで教育しろと?」

「…………」

一言もなく、志岐は黙りこんだ。

かっかっかっ、と耳障《みみざわ》りな声で榎本が笑う。

むっつりとしたまま、志岐は乱暴にソファの上に足を上げて横に転がった。

「——で、どうした?」

志岐のその様子を鼻で笑いながら、真城が榎本に首をまわして尋ねた。

そういえば真城は、「呼ばれた」と言っていた。榎本が何か用があったのだろう。

「そうそう…、急で悪いんだが、おまえ、大晦日《おおみそか》の日は空《あ》いているか？」

榎本がちょっと口調を改めて口を開いた。

「空いてはいるが…、――仕事か？」

榎本が軽くうなずいた。そして机の引き出しから薄いファイルを一枚とり出す。

「光元《こうもと》建設の会長宅だが…、なんでも脅迫《きょうはく》電話が入ったらしい」

志岐ももちろん聞いたことはある、準大手のゼネコンだ。確か、最近は高層マンションの建築に力を入れている。不動産や、海外投資にも手を出していたはずだ。

「除夜《じょや》の鐘と一緒に家族全員を吹っ飛ばす、とな」

榎本の口から続いたその言葉に、ピクリ、と志岐の肩が震える。

吹っ飛ばす――、ということは爆破予告、ということか。

「イタズラだとは思う、ということだが、やっぱり不安なようでね。三十一日と一日、身辺《しんぺん》警護《けいご》と屋敷の警備を頼みたい、ということだ。正月で悪いが」

とはいえ、盆も正月もあまり関係のない仕事だ。

「警察には？」

真城が聞きながら、優雅に足を組み替えた。肘掛けに右肘をついて顎《あご》をのせる。

「通報していない。あまり表沙汰にしたくないらしいな」

「心当たりがある、ということか？」

「うすうす…、というところじゃないかな。最近、大規模なリストラを行ったようだから、そのあたりの恨《うら》みもあるかもしれんし、……まあ、ひょっとすると身内の不祥事《ふしょうじ》、という気もする」

榎本が淡々と説明を続けた。

社内のいざこざなのか、あるいは何か問題を抱えていて、本当に身内の――親戚筋《しんせきすじ》の嫌がらせがあるのか。

「土建屋か…。まさか、現場でダイナマイトが紛失《ふんしつ》しているとか、そんなことはないんだろうな？」

わずかに目をすがめて、真城が榎本の表情をうかがう。

それに榎本がにやっと笑った。

「はっきりとは言わなかったが。まあ、はっきりすると管理責任が問われることでもあるからな」

かなり怪しい、ということか。

「どうだ？　おまえと、あと五名ほど手配するつもりだが」

榎本が机の上で手を組んで真城に尋ねた。

――と、それに真城が答える前に、志岐が口をはさんだ。

「俺が行く」

むっくりとソファから身を起こした志岐の顔を、二人が同時に見つめてくる。そしてちらり、と榎本と真城が視線を交わすのがわかった。

その意味は、わかる。

やはり「エスコート」でガードをしていた志岐の弟が爆弾テロに巻きこまれて死んだ。兄に憧《あこが》れて、ずっとあとをついてきていた弟だった。四年前だ。

それ以来、志岐は爆破事件に積極的に関わるようになっていた。目的のために、何の関係もないまわりを巻きこむ犯人が許せなかったからだ。

だが、それだけに感情的になる自分を、できるだけ抑《おさ》えるようにもしていた。

「いいのか?」

榎本の方が確認してきた。

「ああ」

と一言だけ、志岐は答える。

そして真城の、何か言いたげな視線とぶつかったが、結局真城は何も言わなかった。わずかに考えこむようにしただけで。

と、ふっと、志岐はゆうべの約束を思い出す。

ベッドに入る前。

そういえば、ユカリが言っていたのだ。

『クリスマスから正月までってさ、なんかすごいお祭りウィークじゃねぇ？』

わくわくと楽しそうな目で。

『一緒に除夜の鐘聞いてさー、そんで、初詣《はつもうで》っ！　行こうなっ！』

そう、約束した。

アメリカ帰りのユカリはそういう日本的な行事をやりたいらしい。志岐としては、人で溢《あふ》れ返る神社にわざわざ溢れ返る日を狙って、何が楽しくて出かけないといけないのだ、という気がするのだが。

それでもユカリは楽しみにしていたようだ。

ハァ…、と小さく息をつく。

……仕方がない。仕事だ。

それに、今朝の様子ではもう、その約束もキャンセルになるだろうし。

そんな言い訳を心の中でしながら、志岐は榎本からファイルを受けとった。

◇

◇

ふて寝に二度寝をミックスして、ユカリがようやく起き出したのはとっくに昼もまわった一時過ぎだった。

ユカリはどこかぼーっとした頭で、しばらく布団の中でごろごろした。

寝覚めが悪い。すっきりしない。

寝起きがいいのは、ユカリのいばれる長所の一つなのに。

――くそっ、志岐のヤツ…っ！

思い出しては心の中でぶちぶちと文句をたれる。

――なんだよ、俺の何が悪いんだよっ！

と、怒鳴り散らしたい気分だった。

――どーせ志岐にとっちゃ、俺は客以下かもしれないけどさ…っ。

でも。

仕事以外の時間は全部、ユカリにくれるって言ったのに。正月過ぎまでオフだから、ずっと一緒にいるって言ったのに。

――なんであんなことで初《しょ》っぱなからケンカしなくちゃいけないんだろ……。

そう思うと、情けなくなってくる。

だけどやっぱりあの言い方はむかついた、のだ。

『おまえ、客とベッドインした時もそんなことを言うつもりか？』

まるで、ユカリが客と寝るのを前提にしたような。あたりまえみたいな。

もしかしたら、ユカリが誰か客と寝たって、志岐はぜんぜん気にしないのかもしれない。

そして志岐自身もそうだから、だから、ユカリも気にするな、と言いたいのかもしれない。

そう思うと、やっぱり納得できなくて。

むうっ、とユカリは気の立った猫みたいに大きく息を吸いこんで、そしてベッドの上でバタフライするみたいに暴れて、バスバスッ、と枕を殴りつけた。

そして、ハァ…、とため息をつく。

と同時に、ぐぅ…、と腹が鳴った。

「うわ…」

怒っていても、どうやら腹だけはしっかり減るらしい。まあなにしろ、夜通しハードな運動をした……させられたのだから、それも当然だ。

ユカリはのろのろとベッドを離れた。

しかしばらく部屋を空けていたせいで冷蔵庫にはろくなものがなく、仕方なく着替えて下へ食べに行くことにする。

もともと自炊《じすい》のできないユカリは、ふだんでもビルの二階のテナントに入っているカフェが行きつけだった。

エレベータで降りて、窓際《まどぎわ》に席をとって、ようやく外が雪景色なのに気がつく。

ホワイト・クリスマス、には少し遅れたが、やはり見ていて心がなごんだ。

このカフェのランチはバイキングが選べる。

注文して席を立ったユカリは、中央のバイキング・コーナーへ向かおうとふり向いたとたん、あやうく誰かとぶつかりそうになった。

「わ…っ」

「あっ…、すみません…っ」

それでもとっさに身体をかわした横から、あわてたように細い声があやまってきた。

ユカリの目の前に弾《はじ》き飛ばされたらしい財布が落ちていて、ユカリはそれを拾い上げてから相手に向き直った。

「いや、こっちこそ……あれ？」

目の前に立っていたのは、どこか見覚えのある顔だった。

ユカリと同い年くらいだろうか。おとなしそうな、優しげな顔立ちの青年だ。細い身体に、すっきりと清潔そうな白いシャツを身につけている。

あ、と相手の方もユカリの顔を見て、ちょっと目を見張った。

誰だっけ…、と考えていると、彼がふわっと笑う。

「浅生《あそう》ユカリさん…、ですよね」

軽く首をかしげるようにして会釈《えしゃく》されるのに、ユカリもぎくしゃくと頭を下げた。

やっぱり知り合いらしい――、が。

「水嶋《みずしま》律といいます。えーと…、榎本さんの仕事を手伝わせてもらってる」

すっきりしない顔のユカリに、相手が続けて言った。

「ああ…！」

言われて、ようやく思い出した。

そうだ。志岐のガードの仕事に入る前、オーナーのオフィスに行った時に会ったのだ。榎本の秘書、だろう。名前は聞いていなかったが。

ユカリはあわてて、よろしくお願いします、と頭を下げる。

なんだかこれからいろいろと世話になる……ような気がして。

「あっ、そんな……、えーと、ユカリさんとはここでは一番年が近いなー、って思ってて」

律の方もあわてたようにそう言葉を継いだ。

「あ…、そうなんだ」

なんとなくホッとしたようにユカリは言った。ちょっと言葉が砕《くだ》けてしまう。

そういえば、ユカリはガードの中では最年少になる。

「エスコート」にいるガードたちは、大卒、あるいは高卒でそのまま入社、ということはまず、あり得ない。だいたいが警察や自衛隊を辞めてから、誰かの口利《くちき》きで入ってくるのだ。

そうでなくとも他の仕事を経験している者が多い。ユカリのように、何の経験もなくぽっと入ってくる方がめずらしかった。だから、年もみんな二十代の後半以上だ。

それだけに、ユカリは他のガードたちからはずいぶん可愛がられているのだが。

そういえば、オーナーの秘書をしているにしては、律はずいぶんと若く見える。まだ現役の大学生、というくらいに。

律も遅めの昼食を一人でとりにきていたようで、せっかくだから一緒に食べることにする。

律の方もバイキングを目当てにこのカフェに来ていて、それぞれに好きなものをとってからテーブルについた。

「げっ、俺より若いのっ？」

食べながらいろいろなことを話すうちに、ふと律の年を尋ねたユカリはその答えに思わず声がひっくり返った。

律は今、十九歳だという。今年の春、大学へは入ったのだが事情があって退学し、今は榎本の秘書の仕事をするかたわら、もう一度別の大学を受験するために勉強中らしい。

律が「エスコート」に来たのはその春あたりからで、ユカリのことは書類上で見て、やはり年が近いことで気に止めてくれていたようだ。

ユカリがここに来たのはもうちょっと早くて二月くらいだったが、ほとんど一緒、ということになる。同期みたいなもので、さらに親近感が増していた。

律は口数は少ないが聞き上手《じょうず》で、食後のお茶を飲む頃にはすっかり打ち解けていた。

……思わず、かなりプライベートな相談をしてしまうほど。

年末から正月をどこで過ごすのかを聞いたりしているうちに、また今朝のことを思い出してしまったのだ。

ユカリには、気軽に話せるような年の近い友達が今、日本にはいない。

日本で一番親しいのは真城になるが、真城は同時に志岐とも親友なわけで……やっぱり相談するにはちょっと気まずい。

「えーっと…さぁ…。俺、今、つきあってるヤツがいるんだけど」

……まだたったの三日目だけど。

爪の先でコーヒーのソーサーの縁《ふち》を弾きながら、ユカリがおずおずと口を開く。

うん、と律は静かにうなずいただけで先をうながした。

「そのー、セックスが終わったあとにさ…、すっきりした、って言っちゃうのって、やっぱ気を悪くするもん？」

え…っ、とさすがに律も、どこかあわてたように視線を漂わせる。それでもじっと真剣な面持《おもも》ちで尋ねたユカリに、ちょっと咳《せき》をしてから答えた。

「それは……やっぱり女の人だと、そういう言われ方はちょっと……嫌なんじゃないかな」

うっ、とユカリは言葉につまる。

女相手ではないが…、確かに相手が女性ならば、ただの性欲処理みたいな言い方で楽しくはないだろう。

でも、同じ男同士なわけだし。そのへんの感覚はわかってくれてもいいのに、とは思うが……。しかし。

「やっぱり可愛げがないかなぁ……」

ハァ…、と深いため息をつく。

「ひょっとして、俺、志岐とはメチャ相性悪《わ》りぃのかなぁ…」

ポツリとつぶやいた失言に、むかいの席で律がちょっと目を見開いたが、ユカリは気づいていなかった。

「ああ…、志岐さん…、なんだ」

言われてようやくハッとする。

うわぁぁっっ、と声を上げて、ユカリは思わずイスから飛び上がった。まばらだったまわりの客の視線がいっせいに集中する。

「あ、別に大丈夫」

真《ま》っ赤《か》になったユカリに、律がにこにこと無邪気《むじゃき》に微笑みながら両手を軽くふった。

何が大丈夫なのか――いや、しかし律にあまり驚いた様子はない。

そのことが、ユカリにとっては驚きだったが。

ようやくユカリも気を落ち着けてイスにすわり直したが、それでも顔はほてっていて、心

臓もドキドキしている。

「だ、大丈夫？」

男同士、ということが大丈夫なのか、あるいは律が秘密にしておくよ、という意味で言ってくれたのかもわからないままくり返したユカリに、平気平気、と律がうなずいた。

そして、そんなことはさらりと受け流すように、律は続けた。

「えーと…、つまり余韻《よいん》を大切にしたいだけじゃないかな」

言われて、思わず考えこむ。

余韻——て。

「そんなもん、俺に求められてもさー…」

まあ確かに、すっきりした、では余韻もへったくれもないだろうが。

「これって、俺があやまった方がいいのかな……？」

別に悪いとは思ってないけどっ、と心の中では頑固《がんこ》に思いながらも、ユカリは尋ねてみる。

それに律がふわりと微笑んだ。

「恋人にあやまるのは負けることじゃないよ。余裕がある方が引いてみてもいいんじゃないかな？」

そう言われると、志岐にしても自分にしてもまったくおとなげないようで。

今顔を合わせるとまたケンカになりそうだけど、……でも、このまま別れてしまうなんて、やっぱり悲しいし。初詣は一緒に行く約束もしてるし。

その前には素直にあやまっとこうかな……。

と、ユカリはちょっと落ち着いた気持ちでそう思った。


昼食のあと、カフェのドアの前で律とは別れた。

律はそのまま上のオフィスに帰り、ユカリは空《から》っぽの冷蔵庫を埋めるべく、コンビニに行くことにする。このままでは、夕ごはんにも困りそうだ。

志岐と一緒なら、ひょっとして何か適当に作って食べさせてくれるのかもしれないけど、今日はあんまり期待できない。

やっぱりさっさとあやまった方がいいのかなぁ…、とは思うが、そんなにすぐにこっちから折れてやるのもなんだか悔しくて。

一番近くのコンビニに入ったユカリは買い物カゴを抱《かか》え、ペットボトルの飲み物とお菓子と、そしてパック詰めのサラダやおにぎりや焼きそばなんかを次々と放りこんでいく。

それから雑誌コーナーへ立ちよると、週刊誌やらテレビの番組表やらをぺらぺらとめくった。

ユカリはあまり雑誌やテレビを見る方ではないのだが、やはり世の中の動向を常に頭に入れておくのもガードにとって必要なことだ、と志岐に言われたので、なるべくニュース番組などには目を通すようにしよう、と思っていた。

本当はニュースだけでなく、流行のファッションやら人気のあるテレビドラマやら、食事のおいしい店やら、ムードのあるカクテルバーやら……、そんなもろもろの知識も身につけなければならないらしい。なんでっ、とも思うが、これも依頼人、あるいはガード対象者やその家族たちとの話題作りのためだ。相手の興味のある話に合わせるだけでなく、必要に応じていろんな知識を提供しなければならない。

そこがやはり警察などと違って、高い金を払って雇《やと》われる「エスコート」のボディガードとしてのクオリティだ、と。

……やっぱホストみたいだよなー……。

と、ユカリは内心でため息をつく。

実際、一流のガードというのは、一流のホストとしての資質も求められるのだろう。……相手の機嫌をとるようなことが苦手なユカリには、とても険しい道のりな気がするが。

それでも番組表を一冊と、雑誌を二冊、選んでカゴの中に放りこむ。

――と、その時だった。

きゃあっ、という甲高《かんだか》い女性の悲鳴が突然、のんびりとした空気を切り裂いた。

ハッとふり返ったユカリの目に、レジの前で立っている革のジャンパーにジーンズ姿の男の後ろ姿が飛びこんでくる。

体格のいい、かなり長身の男だった。フルフェイスのヘルメットで顔は見えないが、雰囲気としてはまだ若い。二十代だろうか。

「金出せよっ、ほらっ、早くしろっ！」

そしてあせったようにそう叫んだ。

レジにいた店主だろうか、青い制服の親父が目を見開いて凍りついている。

——強盗……？

一瞬、ユカリは息をつめる。

そして素早く状況を確認した。

客はユカリの他にあと三人。ＯＬらしい制服の二人連れと、サラリーマンらしい男が一人だった。

ちょうどレジに向かおうとしていたらしい四十代のサラリーマンは、缶コーヒーを握りしめたまま顔を引きつらせている。そして、ジリジリと後ろへ下がり始めていた。女性二人は店の隅の方で身をよせ合って、しゃがみこんでいる。

ユカリはそっと足音を忍《しの》ばせて、もう数歩、前へ進む。

すると、男の右手には登山用、あるいは狩猟《しゅりょう》用だろうか、三十センチはある大きなナイフが握られているのがかいま見えた。

ごくり、と唾を飲む。

そろそろと手にしていた買い物カゴを床におろし、代わりにいつも腰につけていた銀色のクラブをベルトから外した。

右手に馴染ませるように、ぐっと握りしめる。そして、そんな自分に気づいて、少し力を抜く。力が入りすぎるとよくない。

――落ち着け……。

と、ユカリは心の中でくり返した。

さすがにユカリも、こんな現場に行きあたったのは初めてだった。

もちろん、ついこの間は自分の喉元に刃物が突きつけられたし、別の仕事でもナイフやら包丁《ほうちょう》やら、鉄パイプやらをふりまわす犯人と向き合ったことはある。

――ただ、今は自分一人しかいない。

その、不安。

今までは、いつも他の仲間や――志岐が、いてくれたから。

「おら…ッ、何、ぼさっとしてんだよっ！　早く金出せっつってるだろ！」

男は興奮したように刃先を親父に突きつけながらがなり立てる。

ようやく店主は我《われ》に返ったように、蒼白《そうはく》な顔でレジを開いた。

そのとたん、男はナイフをふりまわして親父《おやじ》を追い払い、カウンターに身を乗り出すと、レジ内の小銭ケースは放り出してその下の万札をつかみとる。

その間に、ユカリはジリジリと男との間合いをつめる。いつの間にか乾いていた唇をなめ、小さく息を吐く。

金を手にした男は、バッとふり返り、警戒するようにあたりをきょろきょろと見まわした。そして、猛ダッシュで出入り口へと走り出す。

ちょうどユカリのいるあたりが店の一番外側だった。

「あっ、おい…、誰か……！」

腰を抜かしたように床へへばっていた親父が気がついたように叫ぶ。

「一一〇番しろ！」

客の男もようやく思いついたようにわめいた。

そんな声を聞きながら、ユカリはその一瞬のタイミングを計る。

男の足がユカリの数メートル前を走り抜ける、その寸前――。

「っとおぉぉぉぉ――――っ！」

自分を鼓舞《こぶ》するようなかけ声とともに、ユカリはかなり低い位置から大きく右手をふり出した。

二十センチほどの、ともすればアクセサリーのように細い銀色の警棒《クラブ》。だがそれは、手元の切り替えで大きく三段に伸びる。しかも特殊合金なので、強度もかなり高い。

それは地を這うように一直線に走り、男の足下をすり抜けた。

「――なっ…、うわぁぁぁ！」

ヘルメット越しのくぐもった悲鳴が響き渡る。

男はユカリのクラブに足をもつらせ、そのままダイブするように前へ倒れこんでいた。

その拍子《ひょうし》に男の手からナイフが飛び、ガシャン…、と音を立てて隅のコピー機にぶちあたる。ドアが開き、ちょうど入ろうとしていた若いカップルが悲鳴を上げた。

ユカリは瞬時にクラブをもどすと、間髪《かんはつ》入れず倒れた男の背中に飛びかかる。そして這うようにして身を起こしかけた男の身体に体重をのせ、片方の腕を後ろ手にひねり上げた。

「はっ、離せっ、離せよっ、くそっ！」

わめきながら男の自由な手がバタバタと床をたたく。しかしそれも、やがて観念したように動かなくなった。

完全に押さえこんだ――、と確認すると、ようやくハーッ、と大きな息が口からこぼれ落ちた。

よかった、という安堵《あんど》が過ぎると、やった…！　と自然に笑みがこぼれる。

誰が通報したのか、パトカーのサイレンの音が近づいてきた。

野次馬《やじうま》やら、店の客やらがいっせいに声を上げ、あたりが一気に騒然となる。

ユカリはバタバタと走りこんできた警官に犯人を引き渡すと、ようやく落ち着いて携帯をとり出した。どうやら調書をとられるらしいが、一応、「エスコート」に連絡しておこう、と思ったのだ。

無意識に志岐の短縮を押しかけて、はっとする。

どうしよう、と思ったが、結局、真城に連絡をとった。もしかしなくても榎本に連絡するべきかもしれなかったが、まあ真城から指示をもらえばいいだろう。

事情を話したユカリに、よくやったね、と真城が優しい声で褒めてくれる。胸がきゅぅっとなるようにうれしかった。

会社が関わっていることではないが、榎本には真城から一応伝えておくから帰ってきたら自分で詳細《しょうさい》を報告するように、と。それと、新聞報道などには社名や名前は伏せてもらうように、とだけ指示を受ける。

「エスコート」の名前が出ればいい宣伝になる——、ような気がしたが、どうやら榎本は仕事を選んでいるようなので、あまり細かい仕事が増えても困る、ということらしい。

別に名前など出なくてもいいし、それより、助かりました！　と、店の親父に両手をギュッと握って感謝されたのは悪い気持ちではない。

何か礼が欲しかったわけではないが、ユカリのしていた買い物をタダにしてくれたのはかなりラッキーだ。……いや、百数十億の遺産相続人とは思えないいじましさだが。

その日の夕方のニュースで、コンビニ強盗の事件の短いレポートがあった。

犯人は買い物に来ていた会社員にとり押さえられ――、と言葉にするとてもシンプルにユカリの行動がまとめられている。

会社員、という自分の紹介には微妙に違和感を覚えてしまう。まあ、大学に行っていれば大学生、とか言われるのだろうが、確かに「エスコート」に正式に入社している身では「会社員」なのだろう。フリーター、でもないわけだし。

客観的に自分のしたことが報道されると、やっぱりちょっと誇らしい気持ちになる。

そろそろ志岐の耳にも入っているだろうし、何か言ってくれるかな…、と期待していたユカリだった。

――が。


「――ちょっ…、初詣一緒に行けないってどういうことだよ！」

それから二日。

師走《しわす》も押し迫った二十八日になって、ようやくユカリは志岐と口をきいていた。

何か言ってくれるかと思っていた志岐からは何の音沙汰《おとさた》もなく、ユカリから催促《さいそく》するようなことでもなく、なんだかちょっとがっかりして日々を過ごしていた。

志岐もかなり頑固だ。やっぱりこっちからあやまった方がいいのかなぁ…、と意を決して、志岐の部屋を訪ねたのである。

あやまろう、と思ってはいたが、なんだか照れくさく、先日のことは忘れたふりをして、正月の予定だけを話題にした。

——初詣って何時頃、部屋を出ればいいの？

と。

しかしそれに返ってきた志岐の答えは、思ってもいないものだったのだ。

「仕事が入った」

と、一言。

「そんなの……だって、約束しただろ！」

思わず食ってかかったユカリに、しかたがないだろ、と冷たい言葉が返る。

「じゃあ、じゃあ、その仕事、俺も連れてってよ！」

食い下がったユカリに、ふっと志岐が目を細める。

「ダメだ」

そして無表情なまま、あっさりと切り捨てた。

「どうしてっ⁉」

ユカリは志岐の腕にしがみついて尋ねた。

なんだか、泣きたい気持ちになってくる。今年の大晦日は、お正月は、ずっと一緒にいられると思っていたのに――。

「遊びじゃないんだ」

「そんなことわかってるよ!」

軽くあしらわれているようで、カッとしてユカリは叫んだ。

「まだおまえには力が足りない。経験もな」

「ど…努力してるだろっ」

ズキッと胸に刺さるものを感じながら、必死にユカリは言い募《つの》った。

「トレーニングだってしてるし、走り込みも自分でやってるし!」

「エスコート」では月に一度、ガードたちの体力測定が義務づけられている。トップ・ガードたちはどうやら免除《めんじょ》されているようだったが。

ユカリは武道などの訓練の他に、筋トレやスイミングやジョギングも自分で決めて行っていた。もちろん他のガードたちもそれぞれにやっているはずだったが。

「自分の口で言っているうちはまだ努力といわない」

しかし志岐の言葉は厳しかった。

「本当に努力している人間は人にはそんなふうには言わないものだ」

「そんな……」

あんまりな言われ方に、ユカリは絶句する。

「俺だって……足手まといにはならないよっ！　こないだだって、強盗、捕まえただろっ！」

認めてほしくて。ちょっとでも、志岐に近づいたと思いたくて。

「たまたまだ。だいたい相手は素人《しろうと》だろう」

しかし志岐は鼻を鳴らすようにして言った。

「それに、おまえの判断も正しかったかどうか」

その言葉に、ユカリは思わず息を飲んだ。

「どういう意味だよっ？」

拳を握ってにらみつける。

「男の逃げる先から客が入ってきてたらどうしてた？　確認したのか？」

「それは……」

口ごもったユカリに、畳《たた》みかけるように志岐は続けた。

「相手はナイフを握っていたんだろう？　倒れた拍子に間違ってそのナイフが男の腹にでも刺さっていたら、おまえ、どうするつもりだったんだ？　得てして、そういうものを使い慣れてない連中は強く握りがちだ」

静かに聞かれて、ユカリはハッとした。

今まで考えもしなかった。そんなこと。

「それは……でも」

だんだんと喉が渇いてくるような気がした。

「怪我《けが》くらいならまだしも、運が悪ければ男は死んでいたかもしれない」

まっすぐに言われて、初めてその可能性に気づく。

ユカリは瞬きもできないまま、じっと志岐を見つめた。

混乱と、不安と。

でも、だって、それならどうすればよかったんだ――、と。

「確かに相手は強盗だ。たとえ死んでいたとしても、おまえを非難する人間はいないのかもしれない。だが、おまえが人を殺してしまったという事実は残る」

ふっ、と息がつまる。

ユカリは無意識にシャツの裾《すそ》を握りしめていた。

手のひらにじっとりと汗がにじんでくる。

「その強盗にだって両親はいるだろうし、家族もあるだろう。強盗だって事情があってのことかもしれない。確かに死んだってしかたがない――、と言われるかもしれない。だからこそ、家族は悲しみの持って行き場がない」

そんなつもりはない。もちろん、死んでいいなんて思ってない。

――だけど。

実際にいつでもそういう可能性はある、のだ。

自分が人を殺すことになるなんて、考えてもみなかった。

……志岐は。志岐は、人を殺したことがあるんだろうか――？

ごくり、とユカリは唾を飲み下す。

海外での従軍経験があると聞いている。あるいは――、あるのかもしれない。目の前で人が死ぬのを見たこともあるのだろう。

心臓がきしむように痛くなった。

腕を組んで、冷静にユカリを見下ろしながら、志岐は静かに続けた。

「おまえはその時自分のとった行動が最善《さいぜん》だったと言いきることができるか？」

「そんな……そんなの」

ユカリは無意識に首をふっていた。

しかしそんなことを言っていたら、何にもできなくなる――。

どうやったって、その結果を推し量《おはか》ることしかできない。実際にどうなるか、なんてやってみないとわからないのに。

「言えないだろう？　つまり、おまえにはまだそういう覚悟《かくご》が足りないということを言ってるんだ」

「じゃあ、志岐だったらどうしたんだよ⁉」

たまらなくなってユカリは叫んだ。

それに志岐は軽く肩をすくめた。

「自分の目で状況を見ないと何とも言えない。だが、もっと接近戦にしたかもな」

さらりと冷静に言われて、もうどうにも言い返せなくなる。

じわり、と涙がにじんできた。

今まで自分がしてきたことも、自分の努力も、全部否定されたような気がした。

「い…いいよ！　もういいっ！　どうせ志岐は俺がどんなにがんばっても認めてくれないんだろっ！」

腹の底からそうわめいて、ユカリはギッと志岐をにらみ上げたが、視界は涙でくもってゆがんでしまっている。

「ユカリ…、そうじゃない」

さすがに志岐がなだめるように言って、そしてため息をついた。

「どうせ俺は志岐みたいにはなれないよっっ！」

「ユカリ――」

そう吐き捨てると、伸びてきた志岐の手をふり払って、ユカリは部屋を飛び出した。

と、勢いよくドアを開けた瞬間、ちょうど前に立っていた誰かとぶつかりそうになる。

「——あっ…、と」
ユカリは前も見ずに走っていたが、相手の方がギリギリのタイミングで体《たい》をかわした。
「……ユカリ?」
真城の声だった。怪訝そうに背中を追いかけてくる。
しかし今のユカリの耳にはそれも届いていなかった。
——くそ…っ、くそ…っ、くそ……っ!
ただ心の中でののしり続ける。
——志岐のバカ…っ!
自分が未熟《みじゅく》なことは自分が一番よくわかっている。
だからこそ。
志岐と一緒に仕事に行って、教えてほしいのに。
教えてくれるって——言ったくせに!

◇

◇

十二月三十一日。大晦日《ニューイヤーイブ》。

志岐と、そして志岐の指名したガードたちは念のため、その前日の三十日から光元会長宅に入っていた。

細心の注意を払って、屋敷中くまなく、しらみつぶしに爆発物のチェックをかける。

そして三十一日には、出入りするすべての人間のボディ・チェックも行った。もちろん、入ってくる荷物も、だ。

さすがに年末、人も物も出入りが多く、それはかなり大変な作業になった。そうでなくとも門松《かどまつ》やら鏡餅《かがみもち》やらのお正月飾りは爆発物を仕掛けるにはもってこいで、通常は見かけないものが家の中にあったとしても誰も不審には思わない。

しかも、なるべくお正月気分に水を差さないように、という配慮も必要だ。

……やっぱりユカリにはまだちょっとな……。

と、バカ広い日本庭園にそった廊下を歩きながら、志岐は内心で言い訳する。

この庭などはユカリに見せてやったら喜ぶだろうが、しかしそれも、情緒ある鹿威《ししおど》しが今は飼育係に連れられた精悍《せいかん》なドーベルマンとミスマッチだ。

今回は志岐の他に五人がガードに入っていた。かなり多い方だが、屋敷が広い上に出入りする人間の数も多いのだから、このくらいは必要だった。

屋敷を四つに分けてそれぞれの担当にチェックさせ、一人は五時間交代で休憩に入る、というパターンだ。そして志岐は、全体の指揮《しき》を執《と》る。

ガードにあたる前段階として、家族、屋敷内のすべての使用人、正月に挨拶に来るだろう親戚や会社の役員たちの写真とプロフィールは頭に入れておく。

今朝もまたプリントアウトの脅迫状めいたものが届いていて、依頼人は神経をピリピリさせていた。

配達ではなく直接家の郵便受けに入っていたから、応援を頼んで昼過ぎからは外まわりにも二人、常駐させていた。

だがこれまでの志岐の感触からすると、どうやらイタズラ……というよりは、嫌がらせの類のようだった。もちろん、まだ油断をすることはできなかったが。

異状ありません――、とインカムから定期報告が入る。

ちらり、と志岐は腕時計に目をやった。

夜の十時過ぎ。

ユカリはちゃんと飯を食ってるだろうか…、と、ふとそんな思いが頭をよぎる。

楽しみにしていたんだろう、とは思う。ユカリのことだから、一緒に過ごしていればきっと年越しソバなどもねだられたのだろう。

そんなたわいもないイベントごとを無邪気に喜ぶユカリは、志岐の心をなごませてくれる。

思い出しただけで、ふっと口元に笑みが浮かんだ。

おとといの言い争いから口をきくどころか顔も合わせていなかったが、あの時のユカリの泣き顔がまぶたに残っている。

——言いすぎたか……。

と、さすがに志岐も内心では思っていた。

あんなキツイ言い方をするつもりはなかった。頭ごなしにユカリのしたことを否定するつもりはなかったのだ。

もちろん、まだまだ完璧ではなかったにしても、とっさの事態にきちんと身体を反応させて、犯人を捕らえることができたのだから。

萎縮することなく立ち向かえる勇気も、落ち着いて行動に起こせる判断力も、ユカリにはちゃんとある。

だが志岐も少し、神経質になっていたのだろう。

万が一にも爆破が起きるような現場にユカリをおいておきたくはなかった。

……もう二度と、大切な人間を失いたくはなかったから。

しかも自分のあとについてきて、それに巻きこまれるように——。

四年前、弟を亡くした時がそうだった。

——大丈夫だって！　俺も連れてってくれよ。足手まといにはならないからさ。兄さんが仕事してるとこ、ちゃんと近くで見て参考にしたいし。

最初しぶっていた志岐は、せがまれて、結局それを許した。

そして、弟は遺体さえももどらなかった。

よくわかっていたはずだったのに。

この仕事をしている以上、絶対安全な場所などどこにもない。

『……志岐さん？』

ハッと我に返ると、無線で連絡をしてきた男が怪訝そうに呼び返していた。

「ああ…、異状はないんだな？」

聞き逃していたらしい言葉をくり返すと、相手がはい、と答えてくる。

気を引きしめ直し、志岐は再び屋敷内をまわり始める。

除夜の鐘とともに――、ということはこれからが本番だった。可能性だけなら、体中にダイナマイトを巻きつけた男が飛びこんでくることだってありえるわけだ。

さすがに大きな家だけあって、大型のドーベルマンにくわえ、庭のいたるところに監視カメラが設置されていたが、日付がかわる前には正面と裏の出入り口には人を配置しておくべきだろう。

――と、その時、目の前からよく知っている男が近づいてくるのに、志岐はわずか目をすがめた。

すらりとした長身の美形。ただ歩いていてさえも優雅な立ち居振る舞い。

案内してきたお手伝いの女性が、宵闇の中でも明らかに顔を上気させている。

真城だった。

志岐の前に立って、ありがとう、と一言声をかけただけで、女は答えることもできずに顔をさらに赤くし、バタバタと逃げ出していった。

「タラシめ…」

志岐が低くつぶやく。

聞こえてはいるだろうが、真城はそれをさらりと無視した。

「どうだ？」

尋ねてくるのに、志岐は軽く肩をすくめる。

「今のところは」

ふむ…、と細い指を顎にやって、真城がうなずく。

「どうした？」

それに志岐が尋ねた。

こんな時間に真城がわざわざやってくる理由がわからない。まあ、志岐と真城の間柄では、別におたがいの仕事のやり方に口をはさむようなことはないし、顔を出したからといって能力を疑っている、などと考えることもない。ボランティアの応援なら歓迎するべきところだろうが、大晦日にわざわざ仕事を買って出るほど、真城がヒマとも思えないが。

そう、真城は「ガード」という仕事でないにしても、顧客サービスには気をつかう男だ。

クリスマスから年末は、連日パーティーにご指名がかかっていてもおかしくはない。

今日だって三つや四つは年越しパーティーの招待があったはずだ。――もちろん、それは日本だけではないから、飛行機で飛びまわってかけ持ちするわけにもいかないだろうが。

それに、ちょっとな…、と真城は曖昧《あいまい》に笑ってつぶやいた。

らしくもなくどこか迷うような調子に、志岐は首をかしげる。

少し間をとってから、真城が口を開く。

「おまえ…、今日はユカリと約束があったんじゃないのか?」

その問いに、ああ…、とため息をつくように志岐はうなった。

なるほど、そういうことか、と思う。

真城はよほどユカリが可愛いらしい。

「ユカリがおまえにグチでもたれたのか?」

ちょっと鼻を鳴らすように言った志岐に、真城は静かに首をふる。

「仕事だからな。子供じゃないんだ。あいつだってわかってるだろうさ」

なかば自分へ言い聞かすように、志岐は口にする。

「俺にまわってきてもいい仕事だったがな」

何気なくスーツのポケットに手をつっこんで、さらりと真城が言った。

志岐はちょっと口ごもる。

確かに、もともと榎本は真城にまわすつもりだったのだ。まあ、どちらが受けてもいい仕事だったのだろう。

「おまえがヒマなら、ユカリと初詣に行ってやればいい」

志岐は何気なくそう言いながらも、自分でもわからないまま、どこかもやもやとした思いが胸にわだかまる。

「そうじゃない。それじゃ、意味がない」

真城はわずかに固い調子で言った。

静かな、それだけにスッ…と胸に入ってくる声だった。

まっすぐに自分を見つめてくる真城に、志岐は首をひねった。言われた意味もわからなかった。

「真城?」

問い返した志岐に、真城が小さく息を吐く。

そして視線を外して、庭の方へと向けた。

「……俺から言うべきことじゃないかとも思ったんだが」

わずかな沈黙のあと、思いきるように真城が口を開いた。

「去年の今日、ユカリの両親は事故で亡くなった」

淡々としたその言葉が頭にするりと入ってくる。

そして、瞬間、志岐は息を飲んだ。

思ってもいない言葉だった。

思わず真城を凝視《ぎょうし》する。

「初詣に行く途中の事故で。今日はユカリの両親の命日《めいにち》だ。アメリカにいたユカリが知らせを受けたのは、正月の朝だった」

声もなく、志岐はただじっと真城の横顔をにらむように見ていた。

自分が弟を失った時のことを思い出す。ほとんど廃人《はいじん》のように、しばらくは立ち直ることもできなかった。

小さく息をつき、ふっと真城が向き直ってくる。

「おまえにはそんなことは言ってないんだろう？　ユカリは……そういうことは自分では言わないからね。特におまえの前では弱音を吐きたくないだろうし」

「ユカリは……」

自分でも知らずつぶやいた声が震えていた。

いつも元気で。怒って、飛び跳ねて。無邪気《むじゃき》に笑っていて。

――なのに。

まだたった一年でしかない。

人前では、決してさびしそうな姿など見せたことはなかった。

心臓が激しく打ち始めた。

こんなに動揺したことは、あるいは弟を亡くして以来だったかもしれない。

「一人でいるのはつらいと思う」

真城がわずかに目を伏せて言った。

「俺が一緒にいてやってもダメだろう」

淡々とした真城の言葉の一つ一つが身体の奥に落ちてくる。

端整《たんせい》な顔が上がり、するり、とその視線が志岐をとらえる。

「おまえじゃないと」

志岐は思わず息を吸いこんだ。

「ユカリは、おまえといたいんだ」

何かに心臓が撃ち抜かれたようだった。

「真城……」

かすれた声が唇からこぼれ落ちる。

息が苦しかった。

ふわり、と真城が微笑んだ。

そしてスッと、ポケットに入れていた右手を差し出してくる。

志岐はその手をじっと見つめた。

何を言いたいのかは――わかる。

志岐はわずかに震えるようにゆっくりと腕を上げて、つけていたインカムを外すと、それをそっと真城の手の上にのせた。

指先が触れた瞬間、わずかに力をこめて握り返される。

「……悪い」

かすれた声でそうつぶやくのがやっとだった。

ホッとしたようにやわらかく笑って、真城が志岐の肩を軽くたたく。そして、慣れた動作で自分の耳にそれを装着《そうちゃく》した。

「状況確認。――真城だ。今から私が指揮を執る」

背中で、仕事に入った真城の張りつめた声が聞こえる。

優しげな容姿で、優雅な物腰で、しかし真城は「エスコート」のトップ・ガードだった。

誰よりも信頼できる、自分の仕事を任すことのできる男だ。

志岐はふり返ることもせず、まっすぐに現場をあとにした。

◇

◇

真っ暗な部屋の中に、液晶テレビの明かりだけがぼうっとともっている。

さっきまでやっていたにぎやかな歌番組が終わり、画面はいつの間にか新しい年を迎えようとする山寺の静謐《せいひつ》を伝えていた。

だがユカリはその画面を見てはいなかった。

ボリュームを絞ったスピーカーからは、穏やかなナレーションに続いて、ぼうん…、という鐘の音《ね》が聞こえてくる。

それが波紋《はもん》のように体中に反響する。

ユカリはソファの下にうずくまったまま、ただじっと膝をかかえてすわりこんでいた。

一人で。

泣きつかれて、もはや涙も枯れていた。

怒りも、悲しみさえも湧いてこないほど、全身が空っぽだった。

――ご両親が――事故で――

ニューイヤーの朝にかかってきた一本の電話。

信じられなかった。急いで帰国して、飛行機から降りても、ふわふわと足が宙に浮いているようだった。

鏡餅や、お節《せち》料理や…、生前に母が用意していたらしい華《はな》やかな正月飾りだけがひさしぶりに我が家に帰ってきたユカリを迎えてくれた。

二つ並んだ棺《ひつぎ》と一緒に、ユカリは正月を過ごした。

――あんな正月は、一度でたくさんだった。

だからこの日はめいっぱい楽しく、笑って過ごしたかったのに。

ぼうん…、と、またどこかの寺の鐘が鳴る。

両親は、最期にこんな鐘の音を聞いたんだろうか……。

ぼんやりと思い、そして、ふっと志岐の顔が目の前に浮かぶ。

――仕事、してんのかな……。

もちろんテレビなんか見てないだろう。

ワガママを言った、と思う。志岐が怒るのも無理はなかった。

泣きはらした目を、ユカリはごしごしとこすった。

もう泣くだけ泣いたし、ちゃんとあやまろう…、と決める。正月を過ぎて帰ってきたら。

志岐の言うことは、いつだって正しい。

自分に力がないのは確かで。志岐が不安に思うのも当然だった。仕事には、恋人とか、そういうことは関係ないのだ。

志岐が帰ってきたら。

……だけど、志岐が帰ってくるまで、まだ丸一日、ある。

たった一日。だけど、ユカリには果てしなく長い、重い一日だった。

知らず、ため息が口からこぼれる。

と、その時だった。

カタン…、と遠くでかすかな物音がする。

ぼんやりとしたまま、それでもあれ…？　と思っていると、それはすぐに近づいてきて、
次の瞬間、リビングのドアが開いた。

薄闇の中にさらに黒い影が浮かぶ。

驚きはしたが、別に不安はなかった。

部屋はオートロックで、外からはナンバー式の解除《かいじょ》キーになっているのだが、親しい同僚はみんなそのナンバーを知っている。

そもそもこのビルへ入ること自体、かなり厳重《げんじゅう》なチェックがあるので、関係者以外が入ってくることはあり得ない。

しかし暗闇の中で次第にその輪郭《りんかく》がはっきりしてくると、ユカリは小さく息を飲んだ。

「――し…き……？」

大きく目を見開く。

そんなはずはないのに。

ぼぅん、とまた一つ鐘が鳴る。

まだ大晦日で、志岐は仕事の真っ最中のはずだった。

しかしその大きな影はゆっくりと近づいてくると、床にすわりこんでいたユカリの目の前にそっと膝をついた。

「ユカリ……」

かすれた、低い声。

どきん、と心臓が痛いように鼓動を刻む。

そっと伸びてきた手のひらがユカリの頬を撫でる。

覚えのある指の感触。温もり。

涙でぐしゃぐしゃになった顔をじっと見つめられているのがわかる。

呆然としたまま、それでもユカリは手を伸ばしていた。薄ぼんやりとした闇の中に大好きな男の顔を探す。幻《まぼろし》じゃない、本物かどうか、確かめるように。

「志岐……」

おそるおそる志岐の肩に触れた瞬間、ものすごい勢いで抱きしめられる。

「あ……」

息ができないくらい。

そしてすぐに唇がふさがれて、本当に息ができなくなる。

「ん…っ」

ユカリの指は無意識に志岐の肩にしがみついていた。

遠くでぼぅん…、とまた鐘の音が聞こえる。

どこか温かく、身体の中に沁みこむように。

明けましておめでとうございます——、とテレビの声が告《つ》げる。

しかしすでにそれも耳に入っていなかった。

「志岐…っ」

ユカリはつかみかかるように志岐の背中に爪を立て、自分からも抱きついていく。

何度も何度も、小さなキスの音だけが淡い闇に溶ける。

「し…き……、ど…して……?」

キスの合間にようやく息を継ぎ、ユカリはそっと尋ねた。

ぎゅっと、離さないように志岐の腕をつかんだまま。

まさか、帰ってきて……くれたんだろうか？　ユカリのために？

「悪かった」

かすれた声が産毛《うぶげ》を撫でるように優しく落ちてくる。

「悪かった…、ユカリ」

その声にぎゅっと胸がつまった。逆に、よけいに涙が溢れてくる。

さっきまでの、痛いような思いが逆流してくるようで。

「志岐…っ」

一人で。約束したのに志岐がいなくて、すごくさびしかった——、と口では言えないそんな気持ちに代えるように、ユカリは握りしめた拳でパタパタと志岐の胸をたたいた。

「ユカリ…」

それを受け止めながら、さらに深く志岐が抱きしめてくれる。

その温もりに、胸の中につまっていた重い塊《かたまり》がゆっくりと溶けて、流れていくようだった。

気持ちが安らいでいく。志岐の腕の中で、真綿《まわた》にくるまれるように。

「ずっと一緒にいるから」

優しい声とともに、志岐がぐっと腕に力を入れてユカリを抱き上げた。そのまま、隣のベッドルームへと運ばれる。

ユカリの体重を丸ごと支えても少しも揺るがない。

その腕の強さに、ユカリはそっと目を閉じる。

こんな男にガードされたら……やっぱり安心感が違うんだろうな…、と思う。まだまだ頼りない自分なんかとは違って。

静かに身体がベッドへ横たえられた。

ユカリはドキドキする自分の心臓を感じながら、目を閉じたままじっとしていた。

ぎしり、とかすかな音を立ててベッドが沈む。

温かい指先が、そっと前髪をかき上げてくる。

「ユカリ」

今までで一番優しい……沁みるような声だった。

ユカリはぎゅっと唇をかんだ。

なんだかまた、泣いてしまいそうだ。

小さなキスが額に落ちてきて、そして続けて志岐の手がユカリのシャツのボタンを外していく。

「あ…」

さわりと直《じか》に触れられた感触にわずか息をつめる。

ゆっくりと脱《ぬ》がされていくのに、ユカリは逆らわずに身をゆだねた。

闇の隙間に届くかすかな衣擦《きぬず》れに、志岐も服を脱いでいるのがわかる。じっとあたる視線にあぶられるようで、肌がチリチリとする。

なんだか恥ずかしくなって、無意識に身体を隠すように両腕を巻きつけたユカリの腕がそっと広げられ、その間に志岐の身体がすべりこんできた。

重なるように熱い肌がこすりあわされる。頬を合わせ、喉元へと唇が落ちてくる。刻むように肌を吸い上げられる。

軽いキスの音。

首筋から鎖骨《さこつ》へと濡れた舌先がすべり、時々鋭い歯が立てられる。

「は…っ、あ……」

その都度《つど》、ユカリは反り返るように身をしならせた。

時折薄い肌をついばみながら、ざらりとした大きな手のひらが確かめるようにユカリの身体をたどっていく。

胸の小さな芽が探りあてられ、それを指先につままれたとたん、ピクン…、とユカリは身体を跳ね上げた。志岐の指の下でそれは丹念にもみこまれ、すぐにぷっつりと固く立ち上がってしまう。

「あ…、ん…っ…」

じわり、とにじむような疼きが肌の下に広がっていき、ユカリはこぼれ落ちるあえぎを必死にかみ殺した。

それでも押しつぶすようにして刺激され、きつくつままれてジンジンと痺れてくる。

「ひぁ……っ！」

それを舌先でなめ上げられ、その鋭い感触にユカリはたまらず声を上げた。

小さく震えるように芯を立てるユカリの乳首を、志岐の舌が丹念《たんねん》に濡らしていく。唇でついばみ、軽く歯を立てられる。

「あっ…あぁ……」

唾液をからめて濡れた乳首が再び指先で遊ばれ、そのゾクゾクと背筋を這い上がる感触にユカリはただぎゅっと目を閉じた。

手のひら全体でユカリの身体を愛撫しながら、志岐の唇が徐々に下へと落ちていく。

「んん…っ、や……」

うながすようにそっと力を入れて足が開かれ、ユカリは小さくもがいたが志岐の手はかまわず片方を抱え上げる。やわらかな内腿《うちもも》がかまれ、さらに中心へと近づいてくる感触に、無意識にユカリの足に力がこもる。

志岐の指先が、つっ…、とユカリの中心をなぞった。

「あぁ…!」

それはすでに形を変え、強い愛撫を待つように震えている。

反射的に隠すようにそこへ伸びたユカリの手がつかまれ、代わりにすっぽりと口の中へ含まれる。

「あぁぁぁ………っ!」

瞬間、ずん…、と身体の奥を突き抜けるような刺激に、ユカリは思わず悲鳴を上げていた。

「あぁ…、あぁぁ…っ、ん…っ、志岐…ぃ……!」

たっぷりと口の中であやすようにこすられ、吸い上げられる。

「んっ……ん……っ！」

その甘い感覚に、たまらずユカリの腰が揺れる。両手が無意識に志岐の髪にかかり、つかみかかるようにして押しつけてしまう。

「志岐…っ、志岐……っ！」

先端からにじみ出すたび舌先になめとられ、そのざらりとした感触に腰が溶け落ちる。

深くくわえこまれ、唇と舌でしごかれて、ユカリはあっという間に限界へと押し上げられた。

「あ…っ、ああっ、あぁ…っ！　も…、いく…っ、いく……っ……！」

こらえきれずはしたなく口走るユカリに、志岐はうながすようにさらにきつく吸い上げた。

そしてこらえきれず、ユカリは志岐の口の中に吐き出していた。

「——ん…っ、んん————……っ！」

ドクッ…、と身体から何かが抜け落ち、ユカリは弛緩《しかん》した身体をベッドへ横たえたまま、大きく胸をあえがせた。

「は…ぁ……」

残滓《ざんし》まで丁寧《ていねい》になめとってから、志岐がようやく顔を上げる。

そして猫にするようにユカリの頬を撫で、ぐったりとした熱い身体を腕の中にくるむようにして抱きしめる。

ユカリはもたれかかるようにその胸に全身をあずけ、頰をすりよせた。

カーテンを開けっ放しだった寝室の窓からは、冬の冴えた星空からほのかに月明かりが射しこんでいる。初日の出もきっときれいに見えるだろう。

新しい年――。

その瞬間を、温かい腕に抱かれて、ユカリは幸せな気分で迎えていた。

志岐もユカリも、おたがいにしばらくは口を開かなかった。

それでも身体の隅々まで……心の奥まで満ち足りている。

しん…、と音もなく静まり返った空気の中で、ユカリは志岐の腕枕に頭をのせ、その指先が髪を撫でてくれる優しい感触にまどろんだ。

やがて志岐の指先が頰にすべり落ち、唇をたどってくる。

じっと見つめられる視線がうれしくて。恥ずかしくて。

腕枕をしていた腕に力がこもり、志岐がなかば自分の身体の上に抱きかかえるようにして、ユカリの身体を引きよせた。

「あ…っ」

ユカリは倒れこむように志岐の胸に乗り上げ、両腕で肩につかまる。

足がからみ合い、おたがいの中心がこすれ合って、その感触にユカリはちょっと赤くなった。

志岐が両手でユカリの頬をはさみこむ。下から見上げてくるような志岐の熱い眼差《まなざ》しが心地よく、身体の芯を走り抜けていく。

「ユカリ……、愛してる。おまえを愛してるんだ」

低く、ささやくように……だけど、はっきりと志岐が言った。

ユカリは思わず目を見開いて、息を飲む。

「志岐……」

そんなふうにはっきりと言われたのは初めてだった。

体中が震えてくる。ぎゅっと、心が絞《しぼ》られる。

「ちゃんと…、俺に言えよ。真城じゃなくて、俺に言え。頼むから」

静かなその言葉に、ハッとした。

……気にしてたんだろうか？　真城のことを。

今はもう、ユカリにとっては兄のように、という思いしかないのに。

それでもやっぱり、コンビニ強盗のことを先に真城に報告したこととか…、気にしていたんだろうか？

そして、ふと思いつく。

もしかして、今日帰ってきてくれたのは――――。

「つらいことも悲しいことも楽しいことも……、全部、俺に言ってくれ」

その言葉に、やっぱり…、と思う。

きっと志岐は、真城から去年の今日のことを聞いたのだろう。

「うん…」

小さくつぶやいて、ユカリはそっと額を志岐の肩口に押しつけると、ぎゅっと背中に腕をまわして抱きついた。

つん…、と鼻にこみ上げてきたものを必死に抑える。

まぶたが焼けるように熱くなっていた。

「俺は……弟を亡くしたって言っただろう？」

志岐が頭の後ろからユカリの髪を撫でながら、静かに口を開く。

確か、爆弾テロに巻きこまれた、と真城から聞いたことがあった。

「今日の仕事も爆破の予告があって…、な」

いくぶん固い口調でポツリ、と志岐がもらす。

あ…、とユカリは口の中で声を上げる。

だから……連れていってくれなかったのか。

「悪かったな。だが今度は……、おまえも連れていく」

その言葉に、ふっとユカリは顔を上げた。

じっと見つめるユカリの眼差しを受けて、志岐は静かに言った。

「俺はあいつを連れていったことではなく、上司としてサポートできなかったことを悔《く》やむべきだったんだろう」

志岐の手がユカリの肩を撫で、腕へとすべり落ちてくる。

ユカリは志岐を見つめ返したまま、そっと笑いかけた。

「……大丈夫。俺が、志岐をサポートする」

はっきりとそう告げる。

ふっと、志岐の目が瞬《またた》く。

そして大きく微笑んだ。

ああ…、と小さく答え、喉で笑う。

「早く俺の背中を任せられるくらいになってくれよ」

どこかからかうように。いつもの志岐の口調で。

「だが依頼人は俺が選ぶぞ。おまえはあぶなっかしいからな」

それに、ふーんっ、とユカリは唇をとがらせた。

「俺が依頼人と寝てもいいようなこと言ったじゃん……」

志岐の顔を見る前は素直にあやまろう、と思っていたのに、いざ目の前にするとやっぱり憎まれ口が口をついて出る。

「……悪かった。あれは単なる言葉の綾《あや》だ」

いくぶんきまり悪そうに、志岐がため息をつく。

「志岐は寝ないのかよ？」

ちろり、とうかがうように尋ねてみる。

「おまえがいるからな」

さらりと答えられて、胸の中がふわっと甘くふくらんでしまう。

素直にそれが顔に出てしまったのだろう。

「そんなにロコツにうれしそうな顔をするな。可愛すぎるぞ」

志岐がくすくすと笑いながら、ユカリの頬を軽く引っ張る。

「いいじゃんっ」

うれしいんだから。

ユカリはぷっと頬をふくらませてみせる。

「ほら…、キスしてみろ」

志岐がほとんど自分の身体の上にのり上がっているユカリの背中に腕をまわして、腰を支えるようにしながら言った。

「俺のキスは高いぞ？」

そう脅しながら、ユカリは伸び上がって、志岐の唇にキスを落とす。サービスに鼻の先にも。顎にも。ほっぺたにも。

「俺、少しはキスうまくなった？」

そして首をかしげて聞いてみる。

「まだまだだな」

あっさり言われて、ちぇっ、とユカリは口をとがらせた。

「でも志岐ってよく俺からキスさせたがるよな？」

ユカリにしてみれば何気ない問いだったが、うっ、と志岐が小さくつまった。どこか都合《つごう》の悪いツボを押してしまったらしい。

「……そうか？」

微妙にとぼけるような口調。

「なんだよぉ～？　言えよぉ～」

ユカリはにじにじと身体を押しつけながら迫った。

志岐はちょっと困ったような顔をしたが、やがてため息とともに口を開いた。

「むかーし、つきあっていた女がだな…、ホントに好きな人にしかキスはしないの、とか言いやがってだな…」

「キスしてもらえなかったの？」

目を丸くして聞いたユカリに、ああ、と不機嫌な答えが返る。

それはつまり、その女に遊ばれた、ってことなんだろうか？　志岐が？

「昔って？」

「高校の頃だ」

ユカリは思わずぷっと吹き出してしまった。

なんだかカワイイ…、と思ってしまう。そんな頃のことをまだ引きずっているなんて。というか、そんな高校時代が志岐にもあったなんて。

きっと志岐なら、相手に不自由しない高校時代だったんだろうに。

あとで真城にでも聞いてみよう、と思う。いや、榎本の方がもっとおもしろがって話してくれるのかもしれない。

志岐が憮然として、笑うな、とユカリの頭をたたく。

「意識したことはなかったが…、結構トラウマになってたのかもな」

さすがにおもしろくなさそうになった志岐は、腹の上でユカリがまだクックッ笑っているのに、こら、と首根っこのあたりをひっつかんだ。

「笑いすぎだ」

「だって。志岐も女にふりまわされてた頃があったのかと思って」

ユカリは志岐に押さえられた首筋がくすぐったくて、首を縮めながら言った。

「――あ、もしかして、その彼女って年上だったんだろ？」

むっつりと黙りこんだところを見ると、どうやら図星らしい。

しかし高校生の分際《ぶんざい》で、女子大生相手、……いや、ひょっとしてOLを相手にしていたわけだ。そう考えると、さすが、という気がしなくもないが――。

しかしその女の方が一枚上手《うわて》だったのだろう。青春時代の苦い思い出、というやつなのかもしれない。

「もてあそばれたんだ」

ユカリは志岐の胸の上に片肘で頬杖をついて、やーい、とはやし立てる。

なにしろ、ユカリが志岐をからかえることなんてめったにない。

「きっと志岐のカラダが目当てだったんだな」

高校の頃だって、すごいいいガタイしてたんだろうし。

「このやろう…」

いくぶん目を三角にした志岐が、ふっと何か思いついたようににやりと笑う。

「じゃあおまえはきっと、高校時代は可愛いガールフレンドにすっきりさせてもらってたんだろうな?」

「え?」

その言葉に、ユカリはぎくりとする。

志岐がすでにばらけていたユカリのうなじの髪を指にからめながら、どこかとぼけた調子で続けた。

「俺もそろそろすっきりさせてもらおうか。さっきはおまえだけ、すっきりしたもんな」

「そ、そんなに根に持たなくてもいいじゃん……」

旗色《はたいろ》が悪くなって、口の中でもごもごとユカリはうめいた。

そりゃあ確かにあの言い方は悪かったとは思うけど。

志岐の指が、どこか意味ありげにうなじから喉元へとすべり落ちてくる。

「ん…っ」

鎖骨から胸へと流れた感触に、ざわっと肌が震える。

「は…は…初詣っ！　行くんだよなっ？」

ユカリはなんとか身を反らしながら、必死に言った。

「明日連れてってやるよ」

志岐がにやりと笑う。そして耳元にささやいた。

「……おまえの腰が立てばな」

「なんだよ…っ、それ…っ？」

叫ぶと同時に逃げかけたユカリの腕が逆にぐいっと引きよせられ、あっと思った時にはあっさりと上下が入れ替わって、ユカリの身体はシーツに組み伏せられていた。

陸《おか》に打ち揚げられた魚みたいに、ユカリはバタバタと足をばたつかせる。

「おまえだってあの程度じゃまだ満足してないだろ？　ん？」

ねっとりと耳元で尋ねられ、ついでにぺろりと耳たぶまでなめられる。

「ひゃぁぁ……っ！」

瞬間、ユカリは思わず情けない悲鳴を上げてしまった。

ユカリは耳たぶがかなり弱いのだ。ぞぞぞっ、と背筋がそそけ立つ。

「十分っ！　もうじゅうぶんっだからっ！」

両手で耳を隠すように押さえてわめいたユカリに、ほぅ…、と志岐が顎を撫でる。

「口で一度抜いてやっただけで十分とは、そんなに俺の舌技《ぜつぎ》にめろめろなわけだな？」

「だっ誰もそんなこと言ってねぇだろっ！」

ずうずうしい志岐の言葉に、ユカリは真っ赤になった。

「だったら今度は俺が満足させてもらわなきゃ割が合わないな」

しかしかまわずそう言いながら、志岐の手がゆっくりとユカリの腹のあたりを撫でまわす。

「あ…」

たどるように身体の中心に触れられて、ぴくっ、と痙攣《けいれん》するように腰が揺れる。

じっと見つめられるだけで自分のモノが早くも頭をもたげ始めたようで、ユカリはあわてて視線をそらす。

「あぁ…っ…、あっ、あっ……」

しかし志岐の手の中にそれはすっぽりと包みこまれ、巧《たく》みな指使いで上下にこすられて、ユカリはぎゅっとシーツをつかんだまま短い声を上げ続けた。

「ユカリ」

片方の腕で足を抱え上げ、手の中でユカリの中心をあやしながら、そっと志岐が大きな身体を重ねてくる。

恥ずかしくて首をあちこちにふるユカリの唇を追いかけて、キスを求めてくる。

志岐の手の中でユカリのモノは早くも固くしなり、とろとろと先端から蜜をこぼし始めていた。それを指先ですくいとられ、さらに指の腹で塗りこむようにしてしごかれる。

「んっ…んっ…、あぁ……っ」

甘い疼きが、だんだんとふくれあがるようにして腰から全身へ広がっていく。

「ユカリ…、俺が好きだろう?」

とろりと耳元でささやかれる甘い言葉。

「あぁぁぁ……っ!」

返事をうながすように、キュッと指に力を入れられて、ユカリは高い声を放ってしまう。

思わずもう片方の足を上げ、両腕と自由な足とを志岐の身体にからみつかせる。

「ユカリ…?」

そのユカリの身体をさらに引きよせるようにして、志岐が答えをうながしてくる。

ユカリは志岐の肩に顎をのせ、背中にしがみつきながらようやくうめいた。

「……いっぱい……、じらさなかったら好き……」

「うん？　どの口がそんな可愛くないことを言ってるんだ？」

微妙に声の調子を上げて、志岐が意地悪く言う。

「この口か？」

聞きながら、ユカリのモノをなぶっていた指をするりとさらに奥の方へと落としてくる。

指先で奥に隠された入り口がなぞられ、たまらずユカリは腰を跳ね上げた。爪の先で数度
「ふ…っ、――あ…、あ…ん…っ……！」

いじられただけで、ユカリのそこはヒクヒクとうごめき、夢中で味わおうとする。

しかし志岐は、そこから奥へは入ってこなかった。

スッ…、と指を離すと、もう片方の指でユカリの唇をなぞる。

「あ……、し…き……？」

思わず涙目で志岐を見上げたユカリの目の前で、志岐がぺろり、とその自分の指をなめる。

荒い息をつきながら、唾液に濡れた指からユカリは目が離せなくなっていた。

「ユカリは俺の指が好きだからな。いつもうまそうにくわえこんで離さない」

くすっ、と笑われて、かぁぁっと全身が熱くなる。

「ち…ちが……っ…」

「違うのか？　じゃあいらないんだな？」

濡れた指で再び入り口の襞をなぶられながら、根性悪く聞かれて、ユカリはどうしようもなくぶんぶんと首をふる。

「欲しいのか？」

淫《みだ》らな誘いが耳の中に落ちる。

それでも答えられないでいるユカリに、志岐が関節一つ分だけをそっと中に入れてくる。軽くくすぐるように動かして、スッと引いてしまう。

「あぁぁぁぁ……っ！　やだ…っ、志岐…っ！」

こらえきれない叫びが喉をついて飛び出す。

必死に襞がうごめいて志岐の指をくわえこもうとするが、それはからかうように爪でなぞってくるばかりだ。

「ユカリ…、欲しいか？」

もう一度尋ねられ、もう意地を張る気力もなくユカリは何度もうなずいた。

「欲しい…っ、も…入れて…よ……ぉ……」

涙声でねだってしまう。

よしよし…、と満足げにつぶやきながら、志岐がようやくゆっくりと指を中へ押し入れてくる。

「は…、あ…っ、あぁ……」

ずるり、と内壁《ないへき》をこすりながら侵入してくる志岐の指を、襲いかかるみたいにユカリの腰が締めつける。

こすられるその刺激に身体が震え、ぞくぞくと溶けるような疼きが湧き上がってくる。

「あっ、あっ、あっ……あぁっ……い…っ……！」

ユカリはぎゅっと目を閉じて、体中で志岐の指に与えられる快感をむさぼる。

いったん抜けた指が二本に増え、さらに大きくユカリの中をかきまわした。

「んっ……！　あっ……あぁ…っ！　そこ……！」

そして一番敏感な一点がからかうように突き上げられ、ユカリはたまらず腰をまわす。

「ん？　ここがイイのか？」

落ち着いた、楽しげな声とともに、さらにくっくっ…と刺激してくる。

「ひ…っ、あ…、あぁぁぁぁぁ……っ！」

ユカリはもう狂ったように腰をふり続けた。

志岐のもう片方の手が、すでに固く張りつめ、先走りをこぼし始めているユカリの前を探《さぐ》り、後ろと合わせてしごき始める。

「んん…っ！　ああっ…！　あ……や…っ、やだ……っ、や…ぁ…っ！」

身体ごと飲みこまれるような快感に、ユカリはただ翻弄《ほんろう》される。

「ん…？　嫌なのか？　やめるか？」

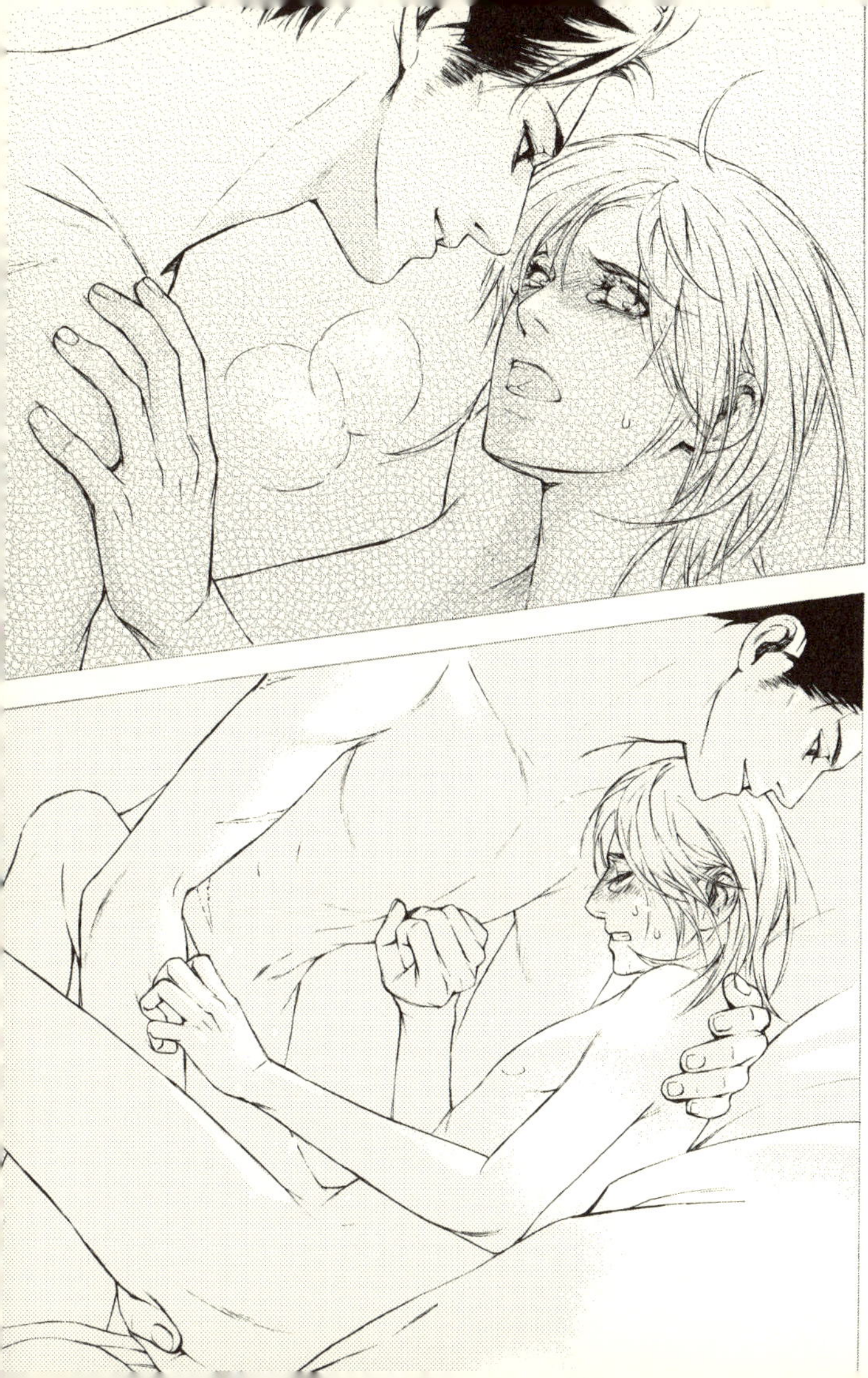

そんな言葉とともに、ふっと、志岐の指の動きが止まり、ユカリはさらに熱い涙を流していた。

「やだ…っ、や……っ、やめ……やめ…んな…よ…ぉっ！」

もう自分でも何を言っているのかわからないまま、本能のままに口走る。

「どっちなんだ」

くすくすと志岐が笑う。

そしていきなり後ろから指を引き始めた。

「——な…っ、やぁ……！」

引き止めようと必死に腰をひねり、締めつけるが、それは無慈悲《むじひ》にも腰から抜けていく。

抜けてしまったあとも、中をたっぷりとかきまわした志岐の指の感触がじくじくとまだ残るようだった。

「あ……」

中途半端に投げ出されて腰をうごめかすユカリの腕を、志岐が引っ張り上げる。そして強引にユカリの身体をうつぶせに返した。

「あ…っ」

体勢をくずしてあわてて手を伸ばしたユカリは、なんとか枕をつかむ。

しかしその間にも、志岐はユカリの腰を引きよせて膝をつかせる。

腰だけを突き出すような、獣の格好――。

ユカリは枕に顔を埋《うず》めて、ただ唇をかむ。

志岐の手は、さらに大きくユカリの足を開かせた。

内腿を撫でられ、やわらかく腰を押し開かれて、その奥の入り口をさらけ出す。

じっと見つめられるその視線だけにも感じて、そこがヒクヒクとうごめき始めてしまう。
二、三度指でなぞってから、志岐がそっと顔を近づけた。
「あ…ぁ……っ」

押しつぶされたような悲鳴が枕に吸いこまれる。

指でさんざんいじめられ、こすり上げられて敏感になっているその部分に濡れた舌が這わされて、全身に鳥肌が立つような快感が弾けていく。

反射的に逃げようとした腰は両腕で押さえこまれ、されるまま、そこは志岐の唇の餌食《えじき》になった。

「あっ…あっ……あぁぁ……っ……!」

たまらない。

ぴちゃぴちゃと濡れた音だけが耳につく。やわらかい感触が何度も何度も往復してそこをなめ上げ、とがらせた舌先が中へと入りこんでくる。

腰から下が溶け落ちていく。もう形もないくらいに。骨も残らないくらい。

前にまわされた手で、再びユカリの前がしごかれる。止めどなくこぼれ落ちる蜜が志岐の指を濡らし、シーツに滴っていく。

「志岐…っ、志岐……っ、志岐……っ！」

ユカリはシーツを引きつかみ、腰をふり乱しながら叫んでいた。

「も…と……、もっ…と……、あぁぁ…っ！　志岐……っ！」

もっと。もっと強い刺激が欲しい。

深く全身を貫《つらぬ》いてほしい。

このままだと——身体が溶けてなくなってしまう——。

ようやく志岐が顔を上げ、ふぅ…、と深い息をついた。そしてシーツに張りついたようなユカリの片方の手を引きよせる。

と、その手のひらに何か固いものが押しつけられた。

カッ、と焼けるような熱が一瞬に広がる。

熱く、固く脈打つモノ——。

「あ……」

ユカリはハッと目を見開き、そして無意識に喉をあえがせた。

頭の中にそれが自分の身体を深くえぐっていくイメージが走り抜け、それだけで達してしまいそうになる。

「し…き…ぃ……」

どうしようもなくユカリはうめいた。

「全部…、おまえだけのだからな」

耳元でそっとささやかれる。

そしてそれがユカリの待ちわびる場所へとそっと押しあてられた。

ドキドキと自分の心臓が高鳴るのがわかる。

じらすようにこすりつけられ、ユカリはさらに涙をにじませる。

「志岐……、早く……っ！」

欲しくて欲しくて、はしたなくせかしてしまう。

「も…、入れて……！」

その言葉が絞り出された瞬間、ぐっ、と大きな質量がユカリの中へと攻め入った。

「——あぁぁぁぁぁ…………っ！」

身体の奥に志岐を感じ、ユカリは背筋を大きく反り返らせる。

腰をつかまれ、さらに深く突き上げられて、こらえきれずユカリは放っていた。

「あぁ……」

腰はつながったまま、ぐったりとベッドへ沈む。

「こら…、もう少し我慢しないか」

志岐が汗に濡れたユカリの背中を撫でながら、あきれたように低く笑う。

だがそんなこと言われても、無理に決まっている。

やれやれ…、とつぶやくと、大きく肩をあえがせるユカリの腰を強く引きよせたまま、志岐はいきなりユカリを抱き上げた。

「——な…っ、わ…っ、あぁぁ……!」

シーツから引きはがされ、ユカリは宙を引っかく。

そしてあっという間に志岐の膝に背中からすわらされていた。——腰はまだつながったまま。

「ほら…、俺をすっきりさせてくれるんじゃないのか?」

くすくすと耳元で志岐の笑う声がする。

ユカリはぐったりと志岐の胸にもたれ、それにも言い返せずに、なんとか息を整えた。

それでも大きく息をすると、身体の奥にあるまだ固いモノに響《ひび》くようで、思わずそっと呼吸してしまう。

「志岐ぃ…」

ユカリはちょっと甘えるような声を出してみる。

「なんだ?」

前にまわした手で、ユカリの胸を撫でながら志岐が答える。

「俺…、明日、初詣に行きたい」

——だからつまり。あんまりハードにしないでねっ、という意味だ。

が。

「別に初詣は正月に行く必要はないだろう？　一月に行こうが二月に行こうが、その年の最初ならいつ行っても初詣だ」

「屁理屈《へりくつ》だろっ、それっ。——あっ…、やだ……っ！」

すかして言った志岐に、ぷんすかとユカリは怒ってみたが、軽く腰を揺らされるとそれだけでくたっと力が抜ける。

志岐の極悪な指がユカリの小さな乳首をつまみ、押しつぶすようにしていじり始める。そしてもう片方の手は下へと伸びて、ようやくおとなしくなったユカリの中心を再び手の中で愛撫する。

「あ…、ん……」

たまらず腰をひねると、中に入ったままのモノがリアルにその質量を感じさせる。

逃げ道をすべてふさがれるように、ただユカリは志岐の腕の中で身悶《みもだ》えた。

煮つめられて、ぐずぐすと身体が芯から溶けていく。次第に指だけで与えられる刺激にもの足りず、自分から腰を揺らせ始める。

「んっ…んっ…、あぁ……っ」

かすれた熱い吐息が口からこぼれ、志岐の手になぶられている先端からは蜜がにじんでくる。……もうさんざん、何度もいかされたはずなのに。

大きく身をそらせ、全身を突っ張らせる。

もっと、もっと強い刺激が欲しいけど、このままでは自分の体重を持ち上げられなくて。

「あぁ……あぁぁ……、志岐……っ！　も…やだ……っ……！」

「まだだ」

志岐が腰を揺すりながら、くすくすと笑う。

「そろそろ俺にもいい思いをさせてくれよ」

しかしそんな声も耳に入らない。

「志岐…っ、志岐…っ！」

限界まで追いこまれ、さらにじらされて何度も何度もねだらされる。

「動いて…っ、いっぱい……！　あぁぁぁ……！」

「ユカリ」

志岐の手がそっと汗ばんだユカリの頬を撫でる。

ぎゅっと、縛りつけるように両腕が身体を抱きしめる。

「愛してる」

その声が体中に沁みこんでくる。

「俺も……俺も……っ」
ユカリも夢中で答える。
そしてぎゅっと志岐の腕に爪を立てた。
離さないから――。
だから、離さないで。
ずっと、おいていかれないようについていくから。

今夜見る夢は、きっと幸せな初夢になるはずだった――。

end.

トレーニング

「エスコート」本社ビルの二十七階。

ほぼオーナーの榎本《えのもと》専用フロアとなっているこの階の、オーナー執務室の奥の部屋に、この日、三人の男が顔をそろえていた。

榎本と真城《ましろ》と志岐《しき》である。

この先数カ月の、榎本が依頼を受けた分の仕事の割り振りを相談していたのだ。

榎本がマネージメントをしているのは、ボディガード部門の中でも「トップ・ガード」と呼ばれる技術的にもっとも高い――つまり金額的にも高い――ガードたちだけだったが、それだけに要求されるレベルも高い。

トップ・ガードともなればそれぞれに馴染みの顧客を持っており、依頼の際には指名がかかることが多かったが、それでもその時々の案件に合わせて同行させるガードの選定が必要になる。

そしてキャリア上、志岐がその役目を任されることがほとんどだった。依頼人のバックボーン、依頼された内容、場所、日程などを考慮して、難易度、危険度を判断し、一次的な派遣するガードのレベル、人数を決める。

例えば、治安の悪い地域へ企業の社長などが仕事で赴く場合であれば、それなりの人数と経験が必要になる。あるいは、脅迫状などが届いていれば、家族全体のガードを考えなければならない。

それから出発までに資料を集め、最終的にメンバーを招集するのだ。

志岐が出向く場合、殺伐《さつばつ》としている現場も多い。

逆に真城が指名されている場合、たいてい依頼人は上流階級の令嬢や夫人で、仕事内容は通常のボディガード、そして通訳兼パーティーや旅行のお供だ。優雅な現場である。そして真城の仕事は、指名だけで半分以上が埋まる。

「次は……、ああ、グラント会長のところか」

手元のタブレットに映し出して、志岐は小さくうなずく。

何度かガードについたことのある、馴染みの顧客だ。

「夏だと、三カ月先か。ずいぶん早い予約だな」

やはり一通りチェックしたらしい真城がつぶやいた。

「夏場の別荘でのガードね…。何か問題があるのか？」

すでに知っている基本的なデータを目で追いながら、志岐はどちらともなく尋ねる。

アメリカの大企業の社長が、妻の両親が余生を送っている田舎の別荘へ、夏場のバカンスを兼ねて家族連れで――おそらくは孫の顔を見せに連れて行く。牧歌的な光景だ。

それに榎本が答えをよこした。

「このところ名家の子弟の誘拐事件が相次いでいるのと、あと先代の会長がそろそろ危ないかもしれないというんでね」

「遺産争いで何か起きかねないって？」

志岐がわずかに眉《まゆ》をよせた。それに榎本が肩をすくめてみせる。

「ちょっと続けて事故が起きているらしいな。車のタイヤのパンクと、食中毒らしいのと。偶然かもしれないが、……まあ、社長にしてみればもともとは夫人の父親の会社だし、いろいろと考えるところはあるだろう」

何食わぬ顔で言った榎本に、志岐は顔をしかめた。

その夫人には他に兄弟もいるが、経営手腕を買われて今の社長が跡取りに指名された。だがもちろん、兄弟はおもしろく思っていない。……という基礎情報は、志岐の頭にも入っている。

「二時間サスペンスみたいな事件が起こっても不思議じゃない、というわけだな」

まったくの他人事に、真城がさらりと口を挟む。

根本的には単純な、欲が絡んだ骨肉の争いかもしれないが、実際に出てくるとしたら雇われたプロだ。

志岐は頭の中でザッとガードたちのリストと別荘の規模を思い出す。以前にも一度、通常のボディガードで付き添って訪れたことがあったが、さすがにかなりの広さだった。それなりに手が必要だ。

「とりあえず、五人連れて行こう。スケジュールが空いていれば、花江《はなえ》のチームがいいな。あと…、ユカリと」

強いて平静な顔でつけ足した志岐に、ほう…、と榎本がつぶやいた。

「喜ぶだろうね」

真城がにっこりと微笑《ほほえ》む。

やる気だけは十二分にあり、ふだんから、仕事に連れて行け連れて行け、とうるさく言っているユカリだ。たいしたことがない仕事――というと失礼だが――しかさせてもらえないのに不満が募っているのはわかっていたが、しかし実際、まだ見習いと言っていいユカリをメンバーに入れられる仕事は少ない。

「足手まといじゃないのか？」

榎本がにやにやと、いかにもな調子で言う。

「老夫婦に、まだエレメンタリーの子供が二人いる。ユカリは年寄りと子供には受けがいいからな」

いつもまっすぐで一生懸命なユカリは、技術的にはまだまだ未熟でも、依頼人、あるいはガード対象者の気持ちを和ませることができる。安心させられる。それはボディガードとしては、必要な素質だ。

信頼を得ることで、こちらの意見を通しやすく、スムーズにガード対象者を危険から遠ざることができる。状況によってはそうしたことが生死を分ける。

「次は…、と」

志岐が次へ移ろうとした時、榎本が思い出したように割りこんだ。

「ああ、そうだ。今朝、急な依頼が入った分だが。来週から三日間」

言いながら手元のタブレットで概要を出し、テーブルへのせると志岐にまわしてきた。

「外相のガード？」

東欧の、まだいくぶん政局が不安定な国だ。

ざっくりと読んでからタブレットをさらに真城の前へと押し出しながら、榎本に尋ねるような視線をやる。

「依頼自体は訪問先であるフランスの首相側近からだがな。フィルパン氏の紹介だ」

真城の馴染みである、フランスの政治家だった。

「しかしこの外相にしても、訪問先にしても、それなりのガード体制はあるだろう？　ヘタに他からつくと、体面に関わるんじゃないのか？」

もともとついている「公式な」ガードたちにとっておもしろくないのは当然で、実際にそうした状況は何度も経験しているが、まともな協力が得られることは少なく、ありがたいものではない。

「そのあたりが難しいところでね。最近、この国は反政府活動が活発だからな。身内のどこにスパイが潜んでいてもおかしくはない。身辺は部外者に頼んだ方がむしろ安全ということらしいな」

「面倒だな…」

榎本の説明に、志岐は無意識に低くうめいてから少し考え、ちらっと真城の方を眺める。

「おまえ、入れるか？　視察だとか公式晩餐会だとかあるんだろうし、通訳か何かの立場で一人、ＶＩＰの側についてもらえればこっちも動きやすい」

「そうだな。日程的には…、……ああ、直接、前の仕事から現場へ向かってよければ、間に合いそうだな。その前がイタリアだし」

膝の上で見ていたタブレットをテーブルにもどしながら、真城がうなずいた。

「だがトップ・ガードが二人入って、料金は大丈夫なのか？」

ガードの人数もだが、レベルによって依頼料は跳ね上がる。

「国相手だからな。払ってもらうよ。命には代えられないだろうし、うっかり暗殺でもされたら、それこそ体面に関わる」

さらりと言ってから、榎本がにやりと笑った。

「そうだな。暗殺者にはぜひ襲ってもらって、それをおまえたちが鮮やかに防いでくれると、うちのいい宣伝になるんだがな。あ、少しくらいケガをした方が臨場感が出てなおいいか。命の恩人感も出るし。そこでおまえが『いえ、これが私の仕事ですから』とか決めてみる。

「……どうだ、志岐。おまえ、ちょっと肩を撃たれてみないか？」

ちょっと、の使い方が明らかにおかしい。

そのいかにも腹黒い笑顔をあきれて眺めながら、志岐はとぼけたふうに言った。

「どうした、エスコートの業績が悪化したか？　そうでなくとも、最近、仕事を受けすぎじゃないのか？」

「失礼な。うちは健全経営ですよ」

榎本が指先で眼鏡を直しながら、むっつりとうなった。そして報復のようにチクリと聞いてくる。

「で、ユカリはいいのか？」

「この仕事は無理だな。不慣れな場所だし、移動も多い。政治家相手に腹芸ができるほど、まだ経験もない」

淡々とした口調で言った志岐に、真城が苦笑する。

「また騒ぎそうだけどね」

「仕方がない。この仕事だと…、おそらく俺がユカリに目を向ける余裕はないしな」

目の届かないところに置くつもりはなかった。指導しつつの任務が難しいケースだ。

「甘やかしてるなっ」

榎本が憤然《ふんぜん》と非難する。

「あたりまえだろ」

それにあえてにやりと、志岐は返した。

「甘やかせるだけはめいっぱい甘やかすさ。大事なコなんでね」

「ユカリには通じてないようだけどね」

しかし横からあっさりと真城に指摘されて、思わず、うっ…、と言葉につまる。

相変わらず、ズバッと心臓にくる言葉のチョイスだ。しかも正鵠《せいこく》を射ているだけに、ぐうの音も出ない。

同じからかわれるのでも、榎本のセリフにはいらっとさせられるわけだが。

ぎゃははは っ、とそれに榎本が腹を抱えてバカ笑いした。

「切ないねぇ…、百戦錬磨でマダムキラーのおまえも、お子様の扱いは難しいか」

「おまえがそんなつまらないことを言うから、妙な誤解をされるんだろうがっ」

ムカッとして、思わず嚙《か》みついてしまう。

いつだったか、榎本がよけいなことをユカリに吹き込んだおかげで、本当にしばらくヘソを曲げられていたのだ。

それは、SPと違って民間のボディガードだ。依頼人によっては、いわゆる「オトナの関係」になることはある。が、おたがいに納得ずくのお遊びで、もちろんダンナや恋人がいる相手に手を出すわけではない。基本的に、お誘いがあって、こちらの状況が許せばお相手をする、ということだ。なんというか、サービス業務の一環である。

「とにかくっ。このケースは少数精鋭でいく。あと三人。この日程でスケジュールの空いてる連中のリストを回してくれ」

ことさらビジネスライクに言いおくと、志岐はのっそりと立ち上がった。

実際、ユカリは騒ぐだろうな…、と内心でため息をつきつつ。

「し――――き――――っ！　志岐志岐志岐志岐志岐っ！」

バーン！　とドアをぶち開けて部屋に突入してきたのが誰なのか、振り返って確認するまでもない。

最終的な東欧行きのメンバーを招集した翌日、どうやら志岐の仕事のことがユカリの耳にも届いたらしい。

リビングでラップトップのパソコンと向き合っていた志岐は、特に視線を上げることもなく、正面から近づいてくる殺気だった気配を受け止めていた。

すぐに足音も荒く、黒い影が目の前に立ちはだかったのがわかる。

「いるんなら返事くらいしろよっ」

勝手に人の部屋に飛びこんで来ておきながら、仁王立ちしてユカリがわめく。

「シキシキ言うな。死期が近づいてくる気がするだろ」

それに、志岐は指を動かしながら素っ気なく言った。

「え…、だって志岐は志岐だろ？　他に何て呼ぶんだよ？」

ユカリが気勢を削がれるように、わずかにトーンを落として聞き返してくる。

どうやらトレーニングの途中だったのか、ジャージ姿だ。

ようやく顔を上げ、志岐はわずかにとまどったようなユカリの顔を見上げてにやりと笑った。

「由柾《よしまさ》さん、とか呼んでみろ。語尾にハートをつけてな」

「えー。なんか、やだ」

「なんでだっ」

本当に嫌そうに、げっそりと顔をしかめて言ったユカリに、志岐は思わず嚙みついた。

どう考えても、恋人に言うセリフではない。

「恋人だったら、そのくらいあたりまえだろうが。あぁ？　なんだったらベッドの中できちんと呼べるようになるまで、練習させてやってもいいんだぞ？」

「……エロオヤジ……」

あからさまに意味を持たせてねっとりと言ってやると、ユカリがわずかに顔を赤くして、ボソッとつぶやいた。

「それで、何の用だと？」

「あっ、そうだ」

聞こえないふりで尋ねた志岐に、ようやく思い出したようにユカリが声を上げた。

「来週、東欧に仕事に行くんだってっ？　どうして俺も連れて行ってくれないんだよっ？」

「おまえにはまだ無理だから」

バッサリと飾ることもなく答えると、ぐっとユカリがつまる。

「そっ…そりゃ、だからこそ経験が必要なんだろ」

「その経験も一定のレベルに達してからじゃないとな。人の命を預かる仕事なんだ」

必死に言葉を押し出したユカリにあえて淡々とした口調で告げると、さすがに唇を噛んで押し黙った。

「じゃあさ…、いつになったら俺、あんたと一緒に仕事できんの？　どのくらいがんばったら、あんたを手伝えんの？　俺だって心配じゃないわけじゃないんだよっ？」

「ユカリ…」

必死に何かをこらえるような目でじっと見下ろされて、志岐はいくぶんとまどった。

正直、少し驚く。ユカリが早く一人前のガードになりたいと思っているのは知っていたが、そんなふうに考えていたとは思っていなかった。

胸の奥が少しくすぐったいような、じわっと温かくなるような気がする。

「あせるなよ。きちんと段階を踏んで、力をつけてからだ。俺だって、いつかおまえに背中を任せられるようになればうれしいからな。俺もできるだけ、訓練にはつきあうから」

穏やかに言った志岐に、ユカリがちらっと視線を上げてうかがうように眺めてきた。

「口だけじゃないの？　こないだの仕事だって予定より長引いてたし。……あれって、依頼人の奥さんにつきあって旅行してたんだよな？」

「だから、それも仕事だろうがっ」

実のところ、モーションをかけられたことは間違いがなく、志岐はちょっと視線を漂わせてしまう。

めずらしく、それを機敏に察したのか、ユカリがさらに膨《ふく》れっ面で志岐をにらんできた。

「だいたい志岐はぜんっぜん俺のことかまってくれないだろ。旅行とか、一緒に行ったこともないしな」

そんな言われように、志岐は思わず反論した。

「おまえが認識してないだけだっ。俺くらいおまえにかまってやってる人間は他にはいないぞ。他のヤツらに聞いてみろっ」

貴重なオフの合間を縫って、だ。日常の訓練もそうだが、初詣とか、神社での節分とか、志岐一人なら絶対に行かないような人混みへも、しぶしぶつきあってやっている。なにしろ、ユカリがイベント好きなのだ。

「そうかなぁ…？」

しかし憎たらしく、ユカリが首をかしげた。とぼけているわけではなく、本当に心当たりがなさそうなのが、さらに納得できない。

「けどさ、そーゆーのって俺にかまってもらってる満足感がないと意味ねーんじゃないの？」

「きさま…」

あっさりと言い放たれ、志岐は思わず低くうめいた。

「いいだろう。だったら直々に俺が特訓してやる」

「えっ？　今からっ？」

ユカリが驚いたように声を上げる。

「今からだ」

パタン、と片手でラップトップのモニターを閉じ、志岐はすくっと立ち上がった。

◇　　◇

エスコート本社ビルの、目立たない、ふだんほとんど使われることのない通用口に面した道路沿いである。社内では「Ｄ３」と呼ばれている出入り口だが、オフィスビル部分で使っているフロアとは直接つながっていないので、ふだんはロックされたままだ。

志岐はオーナーに頼んで——そしてオーナーの方から管理部に連絡してもらったのだろう——、今だけ使えるようにしてもらったらしい。

味気ない、何の変哲もない通用口で、ユカリも初めて通ったのだが、入り口から歩道までのアプローチはそこそこ長い。

途中で、というか、志岐の部屋から逆に上へ行って秘書室にいた律《りつ》を借りてきてから、ユカリが指定されたこの場所で待っていると、目の前の道路になめらかに車が横付けされた。見覚えのある、社用車の一つだ。

エンジンを切り、運転席から志岐が降りてくる。どうやら地下の駐車場から車を一台、回してきたらしい。

「ああ、車でＶＩＰをエスコートする時の訓練なんだ」

気がついたように、横で律がつぶやく。

なるほど、とユカリもうなずいた。つまり、律が守るべき警護対象者というわけだ。

「悪いな、仕事中に使って」

「いえ。ちょっと楽しそうです」

近づいてきた志岐の言葉に、律がふわっと微笑む。

「また寝技の訓練、とか言い出すのかと思った」

横から口を挟んだユカリに、むっつりと腕を組み、志岐がうめいた。

「おまえ、人をなんだと思ってるんだ…」

「えー、だって、あの流れだとさぁ。それに志岐って本質的にエロオ……」

「いいからっ。おまえはやる気があるのかっ？」

何も考えずに答えようとしたのをぶった切られる勢いで聞かれ、あわててユカリはぶんぶんと首を縦に振った。

「あるよ！　あるあるっ。もちろんっ」

「だったら真剣にやれ」

ぴしりと言われて、ユカリはちょっと居住まいを正す。

「ええと…、ＶＩＰを車から乗降させる時の訓練だよね？」

確認したユカリに、そうだ、と志岐がうなずく。

「誘拐や暗殺を目的とした場合、車の乗降の瞬間は通常の歩行中よりも狙われやすい」

厳かに言った志岐の言葉に、ユカリは真剣な表情で耳を傾けた。

「ドライバーとの連携も重要だが、今はとりあえず停車したところから。まわりの安全確認、ＶＩＰの安全確保。……そうだな。一回、やってみろ」

ちょっと顎《あご》を撫《な》でて言われ、んっ、とユカリは大きくうなずいた。

「律、おまえはユカリの誘導通りに動いてくれ。自分からは何もする必要はない」

とりあえず律を車の後部座席に乗せ、コンコン、と少し透かしてあったウィンドゥをノックして、志岐が指示を出す。

わかりました、といくぶん硬い返事がくぐもって耳に届いた。

「まあ、中には自分の好き勝手に動くＶＩＰもいるけどな。……ああ。そういう意味では、榎本にやらせてもよかったのかもしれんが、初めから難度を上げるのもな」

ちょっと首をひねって志岐がうなる。

確かに、オーナーにやらせると、おもしろがってよけいな動きをしそうだった。あからさまにガードを困らせるような、だ。

とはいえ、実際オーナーくらいわがままな依頼人もいるのだろうが。

「ユカリ、おまえも中から始めろ。ＶＩＰは命を狙われているという想定で、ガードしてドアの中へ入るまでだ」

言われて、ユカリは再び助手席に乗りこんだ。訓練とはいえ、緊張でふっと身が引き締まるのを感じる。

志岐は外に立ったままで、ユカリの準備ができるのを待っている。そしていったん、シートについてユカリを確認してから、軽くボンネットをたたいた。

「スタート」

合図と同時に素早くドアを開き、車を降りたユカリは、リアシートの横にいったん立つ。

まわりをしっかりと確認してから後部のドアを開き、どうぞ、と声をかけて律をうながす。

訓練だとわかっているはずだったが、律の方も少しぎこちない様子だ。

半歩だけ後ろに立って、左右に気を配りながら足早にドアまで急ぐ。ドアを開いて律を中へ入れたところで、ようやくホッと息を吐き出した。

「なんか、ヘンに緊張した…」

胸を押さえて、やはり息を吐きながら、律が小さく笑う。

「対象者を必要以上に緊張させちゃいけないんだろうけどな…」

ユカリはちょっとこめかみのあたりを掻《か》いてつぶやいた。

自分の緊張が伝染するのだろう。気をつけないと、と思う。

しっかりとした安心感、信頼感を与えるのも、やはりガードの仕事だ。

よし、と気合いを入れ直すと、ドアを開いて確認するように志岐の方を見る。

と、車の脇にいた志岐が人差し指で、ちょいちょい、と合図をよこした。

「今度は乗せる場合だ。やってみろ」

うなずいて、ユカリは再び律をうながして同じ道を歩き出す。

あたりに気を配りつつも、一直線に車へ向かうと、素早くドアを開き、身体でＶＩＰをかばうようにしながらリアシートへ乗せる。そしてまわりを見まわしてから、自分も助手席へとすべりこむ。

見えない人間のように、ボンネットに腰を預けたまま一連の動きを見ていた志岐が、軽くうなずいた。

「……どう？」

いったん車から降り、おそるおそる尋ねたユカリに、志岐が淡々と言った。

「まず、降車の場合。万が一に備えて、車のドアはできるだけ開きっぱなしにしておく。状況にもよるがな」

指摘されて、あ、と小さく声をこぼす。

そうだ。万が一襲撃された場合、すぐに車にもどれるように、だ。

「そして建物のドアを開ける時、背中が無防備だ。単独だと難しい状況も多いが、この場所だったら、ＶＩＰを壁際にガードしてから、背後と中を確認してから入れる。それから、乗せる時はもっと機敏に動け。時間がかかりすぎだ。大事なのは一刻も早くこの場を離れることだからな。同じ場所に長くとどまらない」

「も…もっかい、やる！　やらせてくれよっ」

淡々と指摘され、ユカリは身を乗り出すようにして頼んだ。

「何回でも。経験を積んでいくことでしか感覚では覚えられないだろうが、とにかく手順を身体に覚え込ませろ」

うなずいて、ユカリはもう一度、最初から繰り返した。

自分が降りてから、後部のドアを開け、律を降ろし、ガードしてビルへ入れる。さっき言われたように、助手席側もリアシートも、車のドアは開いたままにしておく。そして逆に、ビルから出て、ガードしつつ車に乗せる。

「どう？」

ワンセットを終えて、やはり初めの位置から身動き一つしていなかった志岐に尋ねると、志岐はやはり淡々と答えた。

「どんな場合でも、完璧ということあり得ない。俺がやってもな。ただ完璧に近づけようと努力するだけだ」

そんな言葉に、ユカリはちょっと目を瞬かせる。

「それは…、まだまだダメってこと？」

「基本という意味なら、それでいい。ただどんな場合でも、まったく同じ現場というのは二つとない。その時々で計算に入れておかなければならないことは多い。ガードの能力は、どれだけ状況を読んでその計算ができるかということだ」

いったん言葉を切ってから、志岐が背後の一点を指さした。

はす向かいのビルの上の方だ。

つられるように、ちらっとユカリもそちらを仰ぎ見る。が、別に変わったものが見えるわけではない。

「今はＶＩＰの命が狙われている場合を想定している。つまり、狙撃の可能性を計算しなければならない。このビルの位置関係だと、どこからが一番狙いやすいかを考える。そこから逆算して、どのルートを歩けば一番安全かを判断する」

「あ…」

ユカリは思わず息を呑《の》んだ。到底、そこまで考えが追いついていなかった。

「一人でガードしているのなら、ＶＩＰの左右どちら側を歩くべきか。射程ルートには必ず自分が入るようにする。あるいは街路樹があれば、その陰にできるだけＶＩＰを入れるようにする」

一瞬、呆然《ぼうぜん》としてしまったユカリだったが、ハッと我に返って、「もう一回っ」と声を上げた。

「ごめんな、律。行ったり来たりで退屈だろうけど」

そして律に向き直ってあやまる。

律がそれに微笑んで首を振った。

「ううん、大丈夫。僕も勉強になるし」

言いながら、再び車の中へもどる。

ガードではない律が勉強するようなことではないが、やはりオーナーの秘書としては知っておいて損はない、ということだろうか。

あるいは——やはり一緒に暮らしている相手がガードだと、ふだんどんな仕事をしているのか知りたい、ということかもしれない。

律は、やはりトップガードである延清《のぶきよ》という男のところに、どうやら成り行きで転がりこんできた、という形らしい。その流れで、オーナーの秘書になったと聞いている。

もう一度、最初から同じ手順の繰り返し。

だが、同じではいけないのだ。

まわりのビルの位置も頭に入れ、今度はユカリが少し右寄りの後ろに立って律を死角に入れつつ、ビルの中まで送りこむ。

中で、ふぅ…、と一息ついてから、今度は乗車だ。

静かにスチールのドアを開き、一歩外へ出て様子を確認する。

と、一瞬、覚えた違和感に、あれ？　と思う。

さっきまでと何かが違う……と頭をよぎり、そういえば、今までドアを開けたらすぐに、車の横に志岐が立っているのが見えたはず、と思い出した——その瞬間だった。

「——ぐ…っ！」

いきなり目の前を黒い影がよぎったかと思うと、重い衝撃が腹を襲う。反射的に身体を二つに折り、膝《ひざ》から崩れかかるが、ユカリはなんとか壁に手をついて身体を支えた。

一瞬、呼吸が止まっていたが、ようやく息を吸いこむ。が、それもひどく苦しい。

「な…に……？」

必死に顔を上げたユカリの身体が無造作に押しやられ、情けなく壁へ背中がたたきつけられる。

「ユカリ…!?」

叫んだ律の声が耳をつく。

そしてその身体が引きずり出され、背中から男の腕に拘束されている姿が目に映る。

「やめ…っ」

とっさに手を伸ばした、その指先に見えた男は――。

「志岐……？」

かすれた声でつぶやき、ユカリは大きく目を見張った。

「判断が遅い」

ぴしゃりと言われ、あっと息を呑む。

「手加減はしたぞ？」

憎たらしくにやりと笑うと、引きつった表情で肩越しに相手を確認した律をようやく離し、志岐が肩をすくめてみせた。

「襲撃は狙撃に限らない。油断するなよ」

それだけのんびりと告げると、車の方にもどっていく。

「くそ…っ」

低くうめいてその背中をにらみつけると、ユカリは歯を食いしばって、身体をまっすぐに起こす。

「だ…大丈夫？」

律に心配そうに声をかけられ、ユカリとしてはそれも屈辱だ。

再びボンネットに腰を預けてこちらに向き直った志岐が、指でちょいちょい、と合図する。

ギッ、とそれをにらみつけて、腹に力を入れ直し、ユカリはうなずいただけで律に答えた。

「続けるから」

「あ…、うん」

前を見据えたまま言ったユカリに、律がかすかにうなずく。

それから繰り返し、何度もユカリたちは同じ道を行ったり来たりした。

ドアから車まで十メートルもないアプローチなのに、今度はどこでどのように襲われるのかと思うと、尋常ではなく緊張感が倍増した。

志岐に背中を向けている時も油断できないし、姿がまるで見えない時も息を抜けない。

わかっていてさえも、毎回違う角度から、違うタイミングで志岐は攻撃してきた。植えこみの陰や車の陰に隠れていたこともあったし、車の中に身を伏せていたこともあった。

何度、このアプローチを歩いたのかわからなくなり、陽もだいぶん陰ってきた頃、ようやく志岐がストップをかけた。

「このくらいにしておくか。これ以上、律をつきあわせるのもな」

その言葉に、ユカリは思わず上体を車のボディに預けて倒れかかった。

「バテる…。なんかヘンな筋肉、使ってるみたいだ」

「ふだん、おまえがまともな筋肉を使ってない証拠だろ」

あっさりと言われ、ムカッとしつつも反論できない。

「つきあわせて悪かったな、律。助かったよ」

リアシートから降りてきた律に、志岐が礼を言う。

「いえ、僕は何をしたわけでもありませんから。でもたったこれだけの距離をガードして歩くのも大変なんですね…」

ドアまでを眺めて、律がしみじみとつぶやく。

と、その時だった。

ふいにバイクの爆音が耳に届いたかと思うと、いきなり一台の大型バイクが歩道に乗り上げ、直進してくる。

え？　と思った時にはユカリたちの脇をすり抜け、次の瞬間、律の短い悲鳴が響いた。

律の身体がライダーの片腕に抱き上げられていたのだ。

「なっ…、律……！」

一瞬、心臓が冷えた。

あせって横の志岐を見ると、あー、となぜかのんびりとしたまま、首の後ろあたりを撫でている。

「し…志岐っ！　律が…っ」

つかみかかるような勢いで訴えると、志岐が大きなため息をついて顎でバイクの行った先を指した。

すると、さっきのバイクは二、三メートルの鼻先ですでに停車していた。律もきょとんとした様子で、すぐ横に立っている。

大型のバイクにまたがったまま、ライダースーツの男がおもむろにヘルメットをとった。

――と。

「の…延清…っ？」

思わずユカリは声を上げていた。

律の同居人――いや、むしろ律の方が居候なのだが――である、トップ・ガードの一人。

実は、ユカリとはかなり馬が合わない男だ。

「隙《すき》だらけだな」

口元で薄く笑って言われ、ユカリは噛みつくようにわめいた。

「卑怯だろ、いきなりっ」

「敵がこっちの都合を考えてくれるか」

あっさりと言い放たれると、確かに言葉もない。

「そろそろ返してもらうぞ」

冷ややかに言われ、志岐が横でひらひらと手を振った。

「せっかくだ。メシを食いに行くか」

「あ…、うん。でも僕、何にも持ってきてないけど」

「いい」

そんな会話が風に乗ってかすかに聞こえ、延清が律にヘルメットを渡すのが、夕日の中でなかば影になって見える。

再びバイクのエンジン音が轟き、あらためて律がバイクの後ろに乗りこんで、こっちに手を振ってみせた。

「志岐…、わかってたの?」

それを見送って、ユカリはちょっとあっけにとられた感じで尋ねた。

「あいつのバイクだからな。それに…、気がつかなかったのか? あいつ、ビルのまわりをもう三周もしてたぞ。我慢していた方だ」

「ユカリ、そろそろ覚える気になったか？」

「えっ、マジ？」

「そういう注意力が足りないんだ」

ちろっと横目で言われ、軽い拳骨《げんこつ》を頭に食らう。

いてっ、とうめきつつも、ユカリはちょっとため息をついた。

「特訓も終わりかー…」

厳しいのは厳しいが、志岐にこんなふうに指導を受ける機会は少なくて、やっぱり惜しい気がする。

「心配するな。まだ続けるぞ」

「えっ？　ホントっ？」

大きく笑って言われ、ユカリはパッと顔を輝かせた。

「このあとはお待ちかねの寝技をじっくりとな」

しかし、さわやかな笑みがあっという間にイヤラシイ、いかにも腹黒い含み笑いに代わり、ユカリは反射時に飛びすさった。

「ま…待ってないだろっ！　誰もっ」

「そうか？　ずいぶんと期待されていたと思ったがな？」

「む…無理だって、今日はっ。絶対、腹、痣《あざ》になってるしっ」

じりじりとあとずさりながら、ユカリは首を振る。

そうでなくても関節が痛いのだ。

この上、ベッドで妙な体勢でもとらされたら……。

ぶるるるるっ、と思わず身震いする。

「ほう？　それは指導教官としてはじっくりと確認しておかないとな」

にやりと笑って言った志岐に背を向けて、ユカリはバタバタと逃げ出した。

……やっぱり、本質的にエロオヤジだっ。

「ユカリ」

今日は何度も開いたドアに飛びついたユカリの背中に、馴染んだ声が呼びかけてくる。

おそるおそる振り返ったユカリに、車に乗り込みながら志岐が言った。

「そのドア、中からきっちりロックしとけよ。それと、あとで俺の部屋に来い」

「ね…寝技の講習は遠慮したいんだけど」

おそるおそる返したユカリに、志岐が喉《のど》で笑う。

「おまえの夏の予定を教えてやるよ」

「え？」

それだけ言うと、志岐は車をスタートさせた。

――夏の予定？

ユカリはちょっと首をかしげる。

初めて志岐と同じチームでの仕事を告げられたのは、その夜、たっぷりと講習を受けたあとだった――。

end.

あとがき

なんと、エスコート・シリーズの文庫化です。ルチルさんのL文庫ということで、初めましてになりますでしょうか。新書版を読んでいただきました方にも、こちらで初めてという方にも、どうかよろしくお願いいたします。

それにしても、もう十年以上も前の本をこうして文庫で新たに出していただけるとは、とても感慨深い気がします。というか、もう十年もたったのか…、としみじみしてしまいますね。BL界もひとめぐり、という感じなんでしょうか（いや、ふためぐりくらいしてるのかな…？）。ほそぼそとですが、その時々の趣味全開でやらせていただいている身では、あまり流れを感じないんですが、こんなふうに何かのきっかけでふと立ち止まると、こんなに変わったのか…！　と突然気づくことも多いような。とりあえず、オヤジの汎用度？　は上がりましたよねっ。

とはいえ、ひさしぶりにこちらの本を読み返して、あまり、懐かしいという感じでもないのは、今でも合間にこのシリーズのショートをちょこちょこと書いていたり、第二期を書かせていただいたりしているせいでしょうか。今回の文庫化も含めて、本当につきあいの長いシリーズになりました。

その「エスコート」、１作目です。１冊ごとにカップリングが変わるのですが、この第一弾は、わりと王道な年の差カップルでしょうか（いや、もともと私としてはどの話も王道を踏み外してはいない……と思うんだけどなあ）。元気で素直なユカリちゃんと、ちょっとおっさん入った30代。30代というのは、なんかいいですよね。受けとしても攻めとしても、男として完成間近というのか、微妙なお年頃というのか。第二の思春期というか（笑）子供っぽさも残しつつの、オヤジに足をつっこみかけ、というのか。このシリーズ中、かなりの割合でキャラは30代です。そうそう、同級生なキャラが多いんでした（カップルというわけではなく）。そのトップを飾る30代攻めの志岐は、スペックも高く、常識人で、個人的にはもっともダンナ、もしくは恋人にはいいんじゃないかと思えるできた男です。ユカリを腕の中で遊ばせつつ、きちんと成長させられるオトナの男なんじゃないかと。とても贔屓しているキャラ……なはずですが、微妙に不憫な扱いをうけている気がするのはなんでだろう。苦労性なのかしら。あまり色気のないカップルなのですが、甘やかされているほのぼのとした感じをお楽しみいただければと思います。

そして今回の書き下ろしとして、次回予告のように延清と律ちゃんが出てきております。次作「ディール」の二人ですね。多分カップリングとしては、シリーズ中で一番人気の二人じゃないかと思います。キャラ個人だと、いろいろと好みは分かれそうですが。この二人はちょっと独特な組み合わせですので、なかなか他のキャラと一緒に出せず、ここでちょこっと登場できてよかったです。

そういえば、作中に某組長と若頭も登場しておりましたね。何の気なしに出していた二人でしたが、こちらのシリーズも少し前から他社さん復活させていただいているのが、やっぱりひとめぐりなのかなあ。ありがたいことです。

イラストの方は、新書から引き続きの佐々木久美子さんです。それぞれのキャラ、カップルの雰囲気がとてもよく合っていて、すごく魅力的なイラストです。ありがとうございました。編集さんにも相変わらずバタバタと……すみません。次回はもう少し早めに準備を…！

そしてこちらの本を手にとっていただきました皆様にも、本当にありがとうございました。懐かしく、あるいはお初で楽しくお読みいただければ幸いです。

こちらのシリーズ、数カ月おきに順次出していただける予定です。年下攻めやら、同級生やら、包容力たっぷりのオジサマやら、1作ごとにいろんなカップルが出てきますので、それぞれのお気に入りを見つけていただければとてもうれしいです。

それでは、また次のお話でお目にかかれますように――。

6月　この季節、一瞬の味覚、ヤマモモ出ました。うーん、甘酸っぱい野生の味…。

水壬楓子《みなみふうこ》

✦初出　エスコート……………リンクスロマンス（2003年12月）加筆修正
トレーニング…………書き下ろし

水壬楓子先生、佐々木久美子先生へのお便り、本作品に関するご意見、ご感想などは
〒151-0051 東京都渋谷区千駄ヶ谷 4-9-7
幻冬舎コミックス　ルチル文庫L「エスコート」係まで。

幻冬舎ルチル文庫L

エスコート

2014年7月20日　第1刷発行

✦著者	水壬楓子　みなみ ふうこ
✦発行人	伊藤嘉彦
✦発行元	株式会社 幻冬舎コミックス 〒151-0051 東京都渋谷区千駄ヶ谷 4-9-7 電話 03(5411)6431［編集］
✦発売元	株式会社 幻冬舎 〒151-0051 東京都渋谷区千駄ヶ谷 4-9-7 電話 03(5411)6222［営業］ 振替 00120-8-767643
✦印刷・製本所	中央精版印刷株式会社

✦検印廃止

ISBN978-4-344-83187-2　C0193　Printed in Japan